EIN MD-TASCHENBUCH

C.H. GUENTER

Die Napoleon-Boys

**VERLAGSUNION ERICH PABEL-ARTHUR MOEWIG KG,
7550 RASTATT**

MD-Originalromane erscheinen monatlich
in der Verlagsunion Erich Pabel-Arthur Moewig KG , 7550 Rastatt
© 1991 by Verlagsunion Erich Pabel-
Arthur Moewig KG, 7550 Rastatt
Titelillustration: Firuz Askin
Alle Rechte vorbehalten
Druck und Bindung: Brodard & Taupin, La Flèche, Frankreich
Alleinvertrieb und Auslieferung in Österreich:
Pressegroßvertrieb Salzburg Gesellschaft m.b.H.,
Niederalm 300, A-5081 Anif
Abonnement-Bestellungen sind zu richten an:
Verlagsunion Erich Pabel-Arthur Moewig KG
Postfach 2362, 7550 Rastatt
Lieferung erfolgt zum Verkaufspreis plus ortsüblicher Zustellgebühr
Printed in France 1991
ISBN 3-488-20284-4

1.

Das Jahr 1813 war ein Wendepunkt in der Geschichte. Preußen und Österreich schlossen sich der Koalition gegen Napoleon an. In der Völkerschlacht bei Leipzig unterlag Napoleon den Verbündeten. Sie überschritten den Rhein und nahmen Paris. Napoleon dankte ab und erhielt als Wohnsitz die Insel Elba. Doch schon ein Jahr später kehrte er zurück und riß noch einmal für hundert Tage die Herrschaft an sich. Sein Feldzug gegen die Alliierten endete mit Napoleons endgültiger Niederlage in Waterloo. Für den Rest seines Lebens wurde Napoleon auf die englische Insel St. Helena verbannt.

*

Im Jahre 1819 wurde in Mississippi und Louisiana mehr Gold geraubt als je zuvor. Die Überfälle auf Banken, Postkutschen und Schiffe mit Goldladung nahmen so überhand, daß die Gouverneure eine Spezialtruppe aufstellten.

Diese Schwadron setzte sich aus Texas-Sheriffs, Arizona-Cowboys, Trappern und berüchtigten Kopfgeldjägern zusammen. Sie waren ein wilder, furchtloser Haufen, geübt im Lesen von Spuren, in der Jagd auf Gesetzlose und im Umgang mit der zweischüssigen Pistole.

Als der Winter kam, hörten die Überfälle schlagartig auf. Die Chance, daß der Anführer der Bande ihnen jetzt noch in die Falle ging, war gering. — Also schickte der Gouverneur von Louisiana die Schwadron nach Hause.

Bei dem Abschiedsgespräch mit dem Gouverneur in Baton-Rouge fragte der Führer der Schwadron, ein gewisser Mortimer, Ex-Marshal aus Nevada:

„Was soll ich den Männern sagen, Sir? Haben Sie im Frühjahr wieder Bedarf an uns?"

„Natürlich", antwortete der Gouverneur. „Bestimmt werden die Überfälle erneut aufflammen. Was denken Sie, Marshal, wird es vielleicht noch schlimmer?"

„Er hat beinahe eine Million Dollar in Gold erbeutet. Er hat genug fürs erste, Sir."

„Sie sagen *er*. Sind Sie so überzeugt, daß es nur *ein* Mann war?"

„Sieht so aus. Einer oder höchstens drei, Sir."

„Und die drei gingen Ihnen ständig durch die Lappen?"

„Einen kriegt man immer schwerer als hundert", erklärte der Marshal. „Außerdem waren diese Überfälle stets mit militärischer Präzision geplant und ausgeführt. Sie erfolgten meistens dann, wenn man nicht damit rechnete. Bei miserablem Wetter und immer dort, wo man dachte, hier wäre alles sicher und ein Überfall unmöglich. Der Bursche hat was auf dem Kasten, Sir. Und deshalb kann ich Ihre Frage, ob er genug hat oder wiederkommen wird, nicht beantworten."

„Ob er etwas Bestimmtes vorhat mit dem Gold?"

„Aber ja, Sir. Er will reich werden", meinte Mortimer grinsend.

„Ist das der einzige Grund?"

„Ich kenne keinen", sagte der Marshal und

wickelte aus Tabakblättern eine Art Zigarillo, den er ansteckte und der so stank, daß der Gouverneur das Fenster öffnen ließ, „keinen besseren Grund für einen Mann."

Diese Bemerkung machte den Gouverneur hellhörig.

„Manchmal glaube ich fast, Sie wissen, wer dieser Hundesohn ist, Mortimer."

„Ich habe einen Verdacht, Sir."

Der Gouverneur winkte ab.

„Jaja, alle Welt verdächtigt Dominique You, den Sieger der Schlacht bei New Orleans gegen die Engländer."

„Und Pirat, Sir", ergänzte der Marshal mit erhobenem Zeigefinger. „Er hat militärische Erfahrung, und er ist spurlos verschwunden. Dominique ist es zuzutrauen."

„Und er haßt Pferde", warf der Gouverneur ein.

„Aber er liebt Macht, Gold und schöne Frauen, Sir."

„Er verläßt nur ungern sein Schiff, hörte ich."

„Ein Mann", meinte der Marshal, „überwindet auch seine Abneigung gegen Bohnengemüse, wenn er hungrig ist, Sir."

„Wir sehen uns also im Frühjahr wieder", fürchtete der Gouverneur.

Am selben Tag zur gleichen Stunde wurde ein stark gesicherter Goldtransport aus den Arkansasbergen zum Flußhafen von Memphis überfallen. Den Gesetzlosen fiel die Sommerausbeute der Jonesboro-Mine im Wert von über hunderttausend Dollar in die Hände.

Nicht einmal die Hufabdrücke ihrer Gäule hinterließen die Täter als Spuren.

Der Gouverneur von Louisiana rief die Mortimer-Schwadron zurück. Sie ritten und suchten den ganzen verregneten Winter über. Ohne Erfolg.

Im Jahr 1820 hörten die Überfälle schlagartig auf.

*

In einer stürmischen Julinacht ließ Dominique You, der Pirat, sich von seiner Bark aus an Land rudern.

Das ehemals spanische Kriegsschiff, eine als Dreimaster getakelte Fregatte mit zweiundzwanzig Kanonen, lag in einer Bucht des schlammigen Flußdeltas nahe jener riesigen Sandbank, auf die New Orleans erbaut worden war.

Der Pirat hinterließ seinem Bootsmann klare Order.

„Du wartest bis eine Stunde vor der Dämmerung. Bin ich nicht zurück, dann bringst du das Schiff aus der Bucht und am Abend wieder herein. Das wiederholst du jede Nacht. Wir treffen uns hier an dieser Stelle, und sei es erst in einer Woche."

„Certainement, mon capitaine", sagte der Bootsmann.

Oben an der Straße wartete eine Kutsche. Dominique You stieg ein, schloß den Schlag und rief:

„Fahr zu, Françoise!"

Gegen Mitternacht erreichten sie die Innenstadt und das Haus des Bürgermeisters. Die Kutsche rollte in den Innenhof, das Tor schloß sich. Wenige Minuten später saß der Pirat Nicholas Girod gegenüber.

Das Kaminfeuer prasselte, der Rotwein aus dem Bordelais leuchtete in den Kristallgläsern. Lange blickte der Bürgermeister seinen Freund und Gesinnungsgenossen, mit dem ihn nicht nur die Liebe zu Frankreich, sondern auch auch die zum Kaiser verband, an. Dann sagte er:

„Marshal Mortimer hat es noch nicht aufgegeben."

„Die Schwadron war mir oft dicht auf den Fersen. Aber solange sie mich nicht zu fassen kriegen, haben sie nur Vermutungen und keine Beweise. Die Zeit der Geldbeschaffung ist ohnehin zu Ende. Wir haben mehr als eine Million in Gold. Endlich können wir handeln."

„Auch ich habe die Vorarbeiten beendet", sagte der Bürgermeister. „Die kleine Armee der Befreier steht."

„Armee", fragte der Pirat. „Wie groß?"

„Siebzehn Freiwillige."

„Bißchen wenig. Aber besser siebzehn Fanatiker, als siebenhundert Landsknechte", bemerkte der Pirat. „Mein Schiff ist bald klar. Ich muß nur noch ein paar Reparaturen vornehmen. Die Reise geht immerhin über zehntausend Meilen."

„Tu's mit aller Vorsicht", riet der Bürgermeister. „Wahrscheinlich sind sie hinter dir her."

„Vollends rüste ich das Schiff in der Karibik aus. In Tortuga oder Kingston."

„Dann mach das, Dominique."

Der Pirat nickte.

„Ich kann bis Neumond zurück sein. – Wie geht es dem Kaiser?"

Der Bürgermeister, ein eisenharter Politiker, wirkte besorgt.

„Schlecht, wie man hört. Es hapert mit der Gesundheit. Der Magen. Wird allerhöchste Zeit."

„Ein kranker Bonaparte nützt uns wenig",

äußerte der Pirat. „Er war kerngesund, als sie ihn vor drei Jahren nach Sankt Helena brachten. Was macht ihn krank?"

„Der Gouverneur."

„Du meinst Lord Hudson Lowe, diesen britischen Mistkerl."

„Sie streiten sich tagaus, tagein um Kleinigkeiten. Der Kaiser sagt, ich will dies, und der Gouverneur sagt, das kriegen Sie nicht. Man schreibt Napoleon vor, wie viele Schritte er wohin gehen darf. Keine Besuche, aber ringsum rüpelhafte Wachsoldaten. Dazu ein Londoner Koch, der wirklich nur Ungenießbares auf den Tisch bringt. Danach wird der Kaiser stets von Magenkrämpfen geschüttelt. Er behauptet, sie mischen ihm Gift ins Essen, Strichnin, um ihn endlich vom Hals zu haben."

„Woher weißt du das alles, Girod?"

„Wir haben einen Spion dort", flüsterte der bullige Bürgermeister.

Beide wußten, daß Napoleon Bonaparte kein einfacher Mann war, eher ein unbequemer, immer noch herrischer arroganter Geist, eben ein Genie, aber sie liebten ihn und versprachen sich von seiner Rückkehr den alten Glanz, die alte Größe und die Herrlichkeit.

„Wir müssen handeln, ehe sie ihn kaputtmachen", drängte der Pirat.

Nicholas Girod, Bürgermeister von New Orleans, schob Weingläser und Karaffe in eine Tischecke und entfaltete Dokumente, Karten, Skizzen und Beschreibungen. Sie enthielten im Grunde alles. Wie man die Insel St. Helena ansteuerte, in welcher Bucht man ankerte und landete, wie man sich der Ansiedlung näherte, und um welche Uhrzeit von welcher Seite. – Am besten ging es mittags, wenn die Posten wechselten und alles Siesta hielt, aus Norden, wo der Wald bis nahe an den Gouverneurspalast heranreichte. – Die Befestigungen, die Wachrunden, die Zahl der Besatzung, Mannschaften und Offiziere, die Art ihrer Bewaffnung, die Bevorratung an Munition für Gewehre und Kanonen, die Moral der Truppe, alles war erkundet worden.

„Wann ist die günstigste Zeit?" fragte der wenig seebefahrene Bürgermeister seinen Komplizen.

„Wenn die Äquinoktialstürme vorbei sind und die Sonne sich dem Wendekreis nähert, so um den Dezember herum, wenn bei uns Winter herrscht."

„Und wie lange segelst du bis dahin?"

„Es sind siebentausend Seemeilen bis in den Südatlantik. Sankt Helena liegt nahezu an der breitesten Stelle zwischen den Espirito-Santo-Bergen in Brasilien und dem Ovamboland in Afrika. Die Insel ist weniger als ein Mückenschiß auf einer Fläche, so groß wie der Park von Versailles. Der geringste Navigationsfehler, und du segelst daran vorbei. Ehe du dich versiehst, stößt du ans ewige Eis des Südpols."

„Du bist ein vorzüglicher Seemann, Capitaine."

Dominique You, der Pirat, äußerte nun, was er längst berechnet hatte.

„Wenn ich den südlichen Passat noch erwische, segeln wir gut und gern einen Monat bis hinunter. Sind unsere Freunde bereit?"

„Auf Abruf. Ich sende ihnen Boten. Sie können in einer Woche hier sein."

Dominique You kannte fast alle. Sie waren Leute wie er und der Bürgermeister, kaisertreue Männer wie Stahl, was den Mut betraf, die Gesinnung und den Körper.

„Und wer verwaltet die Kasse?«

„Graf St. Cruix."

„Der alte St. Cruix. War er nicht Schatzkanzler bei Bonaparte?"

„Und der treueste der Treuen. Er hat Familie und Besitz in Frankreich verlassen, als wir ihn riefen. Einer muß das Finanzielle ja regeln."

„Und er kommt mit?" vergewisserte der Pirat sich.

„Er ist über fünfzig, hat Gicht und Rheuma, aber im Hirn ist er noch tadellos."

„Dann bleibt er besser zu Hause«, entschied der Pirat und stocherte im Kaminfeuer, das jetzt heruntergebrannt war. Jetzt hörte er eine Uhr schlagen.

„Es wird bald hell. Ich muß gehen."

„Aber paß auf. Sie suchen dich."

Der Pirat holte aus dem Spitzenärmel ein weißgraues Stück Gummiarabikum und etwas Haariges, so groß wie eine Handfläche. Den geronnenen Saft aus der tropischen Akazie, auch Mimosenbaum genannt, hielt er über die Kerze, bis der Gummi Blasen warf und floß. Nun betupfte er sein Kinn und die Kinnladen damit und drückte einen schwarzen Bart auf die klebrige Stelle.

Im Spiegel musterte er sich.

„Würdest du mich so erkennen, Girod?"

„Nie im Leben", sagte der Bürgermeister. „Wann also geht es los, mon ami?"

„Worauf warten wir eigentlich noch?" wollte der Pirat wissen.

„Auf dich", sagte der Bürgermeister von New Orleans.

Die auf drei Masten und Besan getakelte Fregatte *Bello Horizonte* lief durch den Golf von Mexiko nach Tampé in Florida. In der dortigen Werft wurde sie mit schweren Flaschenzügen so weit nach backbord getrimmt, daß an der Rumpfunterseite ein Dutzend Kupferplatten ersetzt werden konnten. Etliche Segel wurden erneuert, das laufende und stehende Gut ausgewechselt, und das Ruder bekam neue Kettenzüge.

Inzwischen pichte der Schiffszimmermann die Wasserfässer neu aus. Mengen an Pökelfleisch, gesalzenem und geräuchertem Fisch, Mais- und anderem Mehl sowie Kartoffeln kamen in die Vorratslasten. Gemüse und Früchte gegen den gefürchteten Zahnausfall Skorbut wollte man unterwegs in Trinidad aufnehmen.

In der letzten Augustwoche kehrte Dominique Yous Schiff noch einmal nach New Orleans zurück und nahm das Kommando der Befreier auf.

Zu ihnen gehörte einer der besten Ärzte Frankreichs, ein Koch, der schon für den Polizeiminister Fouché, den sie alle Kaisermörder nannten, gekocht hatte, und einen Colonel der Infanterie, der an der Seite Napoleons bei Waterloo gegen Wellington und Blücher besiegt worden war.

Die Einschiffung der siebzehn dauerte nur wenige Nächte. Dann wartete Dominique You noch auf die Tide und günstigen Wind.

Anfang September verschwanden die Segel der Fregatte am Horizont.

Daß Dominique You etwas Besonderes plante, war den Spionen des Gouverneurs nicht entgangen. Mit einem schnellen Segler der Marine folgten sie der *Bello Horizonte*, konnten sie aber nirgends ausfindig machen.

Dann erfuhren sie, daß das Schiff in Santo Domingo auf Tahiti lag, um Sturmschäden zu beheben.

Angeblich befanden sich unter der Besatzung Männer, die wegen politischer Unzuverlässigkeit schon des längeren gesucht wurden.

Als man dem Gouverneur von Louisiana diese Informationen überbrachte, rief er den Ex-Marshal Mortimer zu sich.

„Ihr Kapitän You segelt südwärts", empfing er den Mann aus Texas.

„Gut so, Sir, dann haben wir ihn endlich los."

„Aber was hat er vor? Männer wie er führen immer etwas im Schilde."

„Das Meer ist nicht mein Feld, Sir", bedauerte der Ex-Marshal. „Ich bin ein Mann des festen Bodens, auf dem man reiten kann. Aber wehe, wenn dieser Hundesohn You jemals wieder die Erde Louisianas betreten sollte."

„Sieht nicht so aus", fürchtete der Gouverneur und wiederholte: „Aber was hat er vor? Als ich Sie vor einem Jahr fragte, wer hinter diesen Überfällen steckt, sagten Sie, es sei wohl Dominique You. Jetzt frage ich Sie, was macht er mit dem Geld?"

„Ich bin kein Politiker, Sir", erwiderte der Marshal, „aber eines weiß ich. Dominique You ist ein Anhänger Napoleons. Er soll einer seiner Admiräle gewesen sein. Als sein Freund gilt der Bürgermeister von New Orleans. Der ist von derselben Sorte. Wenn sie nach Süden gehen, besuchen sie vielleicht ihren wie Gott verehrten Napoleon."

„Das werden die Engländer zu verhindern wissen."

„Die paar versoffenen Soldaten in Sankt Helena, meinen Sie die etwa, Sir?"

„Aber was können wir tun? Wie verhindern wir, daß Napoleon noch einmal zurückkommt. Schlimmstenfalls sogar hierher, in die Südstaaten?"

„Das hat", erinnerte Mortimer sich, „schon einmal jemand verhindert. Es muß im Jahr fünfzehn gewesen sein, als Napoleon abdankte und mit seinem Linienschiff vor unserer Küste lag, um in Baltimore einzulaufen."

„Es war am dritten Juli", ergänzte der Gouverneur. „Präsident Madison hat es gemeinsam mit den Engländern verhindert."

„Man muß es wieder verhindern", erklärte der einfache, aber praktisch denkende Mortimer.

Doch da winkte der Gouverneur ab.

„Nein, man darf es erst gar nicht darauf ankommen lassen. Wir müssen uns diesen Banditen auf hoher See schnappen."

„Oder wenn er eine Insel ansteuert, um Frischwasser zu übernehmen, Proviant und Rum."

„Welche Insel kommt da in Frage?"

„Ich bin, wie erwähnt, kein Seemann, Sir."

Die Marine wurde in die Sache einbezogen. Nach Meinung der dortigen Fachleute würde Dominique You, wenn er wirklich vorhatte, in den Südatlantik zu segeln, noch einmal Trinidad anlaufen.

Trinidad, die letzte große Antilleninsel, war britisch. Und mit den Engländern war man, selbst wenn man sie mit blutigen Nasen aus den Südstaaten hinausgeworfen hatte, befreundet.

Damit wurde die Angelegenheit auf eine höhere Ebene geschoben. Fortan befaßten sich die Stellen in Washington und London mit dem Fall.

*

Im alten Piratenhafen Port of Spain wurde die Fregatte gestürmt.

Es war in der Nacht vom 13. auf den 14. September des Jahres 1820. Die gesamte Besatzung wurde überwältigt, ohne daß ein Schuß aus den Kanonen oder Pistolen fiel. Nur Dominique You und einige der Adligen aus dem Befreiungskommando wehrten sich verzweifelt. Erst mit ihren Degen, dann mit Messern, am Ende mit Fäusten und Krallen. Aber die Übermacht der Gegner war zehn zu eins.

In Ketten brachte man sie in die Festung. Die Adligen, die man als Napoleon-Anhänger einstufte, wurden verhört, gefoltert, gequält. Aber sie waren wie Granit, wie Eisen, wie Stahl. Sie schwiegen wie Taubstumme.

Einer nach dem anderen verstarb, entweder an den schweren Wunden des Kampfes, durch Selbstmord oder an den Folgen der Verhöre.

Der Leidensweg der letzten Napoleonbefreier zog sich über Monate hin. Da sie mit nichts zum Reden gebracht werden konnten, wurden sie durch Erlaß des Königs zum Tode verurteilt.

Es war Anfang Juni im Jahre 1821, als sie gehenkt werden sollten.

Angesichts des Galgens und seines nahen Todes fiel der Schiffsarzt um. Die Angst löste ihm die Zunge. So kam es doch noch zu Protokollen, die die Reise der *Bello Horizonte* und den Plan zur

Befreiung des verbannten Franzosenkaisers beschrieben.

Der Arzt wurde trotzdem gehenkt. Am Abend baumelten neun Männer an den Henkerstricken.

Wenige Tage später lief ein Schnellsegler, aus Rio kommend, in Trinidad ein. Er brachte die Nachricht mit, daß Napoleon Bonaparte, einst glorreicher Kaiser der Franzosen, schon am 5. Mai in St. Helena an Magenkrebs verstorben war.

Als einziger Mann der Bruderschaft der Napoleonbefreier überlebte Graf de St. Cruix das Massaker in Trinidad. Und das nur deshalb, weil man seinen Namen niemals erwähnt hatte. St. Cruix hütete weiter den Schatz des Dominique You, legte ihn bei internationalen Bankhäusern, bei den Rothschilds und den Morgans, sicher an und schrieb die tragische Geschichte, zum Teil verschlüsselt, nieder.

Später kehrte er als Siebzigjähriger nach Frankreich zurück. Das war im Jahre 1840, als auch Napoleons Leichnam nach Paris überführt wurde und im Invalidendom seine letzte Ruhestätte fand.

Aber der Gedanke an Rache für sein tragisches Schicksal schwelte weiter bis zur Gegenwart — bis der richtige Mann kommen sollte, um sie zu vollziehen.

2.

Vor ziemlich genau neun Jahren verließ ein Bursche von zweiundzwanzig Jahren den Überlandbus in der westflandrischen Ortschaft Kruiske.

Es war ein sonniger, leicht windiger Frühsommertag. Der junge Mann trug einen einfachen

Pappkoffer. Das Gepäckstück mochte fünfundzwanzig Pfund wiegen. Trotzdem mühte der junge Bläßling sich damit ab, als wäre es ein Doppelzentner Kartoffeln, denn er war alles andere als kräftig. Zwar saß auf seinem Hals ein guter Kopf mit beachtlicher Stirn, die eine gewisse Intelligenz verriet, im übrigen jedoch war er das, was man einen Hänfling, eine Schwachmarke nannte.

Dazu bekannte er sich aber auch. Er nannte sich selbst den schlechtesten Turner seit dem Bestehen französischer Universitäten. Fast sah es so aus, als sei er stolz darauf. Im übrigen galt er als Genie mit einem Intelligenzquotienten, bei dem die Meßgeräte ihren Dienst einstellten.

In seinem zu engen schwarzen Anzug schwitzend, suchte er den Schatten der Kneipe am Marktplatz. Drinnen setzte er sich an den Tresen und tupfte sich den Schweiß ab.

„Ein Bier?" fragte die aschblonde Maid mit dem strotzenden Busen.

„Merci", sagte er, nicht, weil er keinen Durst, sondern weil er kein Geld hatte.

Sie stellte ihm ein Glas Wasser hin, das er so langsam trank, als hätte er Angst, sich daran zu erkälten.

„Wie komme ich zum Château St. Cruix, Mademoiselle?"

„Die Straße lang."

„Wie weit?"

„'ne Stunde – so wie Sie aussehen. Normal 'ne halbe. Immer am Kanal lang."

„Und wo ist der Kanal?"

„Dort, wo die Pappeln stehen, Monsieur. Nicht zu verfehlen."

Außerdem konnte er noch einmal fragen. In der

Nähe der französischen Grenze knödelten die Belgier nicht niederländisch. Die Landessprache hier war Französisch.

Schüchtern fragte er, ob er noch ein Glas Wasser haben könne.

Die dralle Magd goß aus dem Krug nach.

„Wenn Sie etwas zu verkaufen haben, bedauere ich jetzt schon Ihr Pech, Monsieur", sagte sie. „Die auf dem Schloß haben schon alles, und den Geiz haben sie sogar doppelt. Vor allem der alte Graf. Er ist reich, böse und schlecht. Der Teufel soll ihn holen."

Ein so hartes Urteil machte den jungen Mann neugierig. Erst recht, da es aus dem Munde einer Achtzehnjährigen kam.

„Warum schlecht?"

„Der geile Bock holte sich alle Jungfrauen aus der Provinz ins Bett. Schlecht ist er, weil er jeder etwas versprach, ein Stück Land, eine Aussteuer, und weil er nie sein Wort hielt. Jetzt holt ihn der Teufel gleich zweimal. Einmal, weil er im Bett liegen muß, bis er krepiert, und dann, weil er Florence zu ertragen hat. Wir nennen sie nur das Biest."

„Ein Biest mit so einem schönen Namen? Florence kommt aus dem Lateinischen und heißt die Blüte."

„Seit wann blühen in der Hölle Blumen", bemerkte die Magd.

„Und wer ist Florence?"

„Comtesse de St. Cruix, die Tochter vom Alten. Wir nahmen zusammen die heilige Kommunion. Danach hat der Priester sie aus der Kirche gejagt. Sie trieb es in der Sakristei."

„Mit dem Pfarrer?" fragte der blasse Jüngling.

„Nein, mit den Ministranten. Mit beiden gleichzeitig."

Angeekelt wandte das flandrische Mädchen sich ab.

Der junge Mann nahm den Koffer und machte sich auf den Weg. Es war Mittag und heiß.

Kann ja heiter werden, dachte er.

*

Den Park umgab, wie alle französischen Schloßgärten, eine Mauer mit einem schmiedeeisernen Tor, so breit, daß eine Kutsche durchpaßte. Außerdem besaß er die üblichen verkiesten Wege, beschnittenen Hecken, Teiche und Statuen aus dem groben Muschelkalk dieser Gegend.

Weit hinten lag das Château. Ein Mittelbau, zwei Seitenflügel, Schieferdächer, Schornsteine, Balkone, Baluster. Auf die Terrassen gingen bodentiefe Türfenster hinaus, Chambord en miniature.

Der junge Mann stand eine Weile da, bis er sich um das Schloß herum und seitlich durch die Wirtschaftsräume hineinwagte.

Ein Diener brachte ihn zum Grafen.

„Wenn Sie sich vorher die Schuhe säubern würden, Monsieur docteur", bat der Diener.

„Ich bin noch kein Doktor", bemerkte der Besucher.

Das Schlafzimmer war das größte, das der junge Mann je gesehen hatte, mit Marmorboden und Stuckdecke, jedoch düster und abweisend. Die Vorhänge ließen nur einen Streifen Licht herein. Zwischen holzgetäfelten Wänden stand ein Himmelbett. Darin lag, wie ein Baby in seinen Kissen, ein alter Mann.

Er war abgemagert, hatte weißes Haar und eine überraschend sanfte Stimme. Vermutlich war sie durch sein Leiden verändert worden.

„Sie sind... sind Sie der Student, den man mir...?"

„Jean Delarme", stellte der junge Mann sich vor, dabei die korrekte Anrede „Graf" benutzend.

„Sie studieren was?"

„Geschichte, Literatur, Staatswissenschaften, ein wenig Jurisprudenz."

„Alles und nichts, he?" höhnte der Alte.

„Ich würde noch mehr Fächer belegen, Graf, wenn es meine Mittel zuließen."

„Und wie lange wollen Sie studieren? Zehn Jahre, zwanzig?"

„Ich bin seit drei Jahren an der Sorbonne und promoviere im Herbst, Sire."

Offenbar hatte man dem Alten längst erzählt, was für ein Streber dieser Delarme sei. Er winkte ihn heran und befahl ihm, sich aufs Bett zu setzen.

„Sie sind für einen Monat engagiert. Dreitausend Francs, Essen und Logis gratis."

„Sechstausend Francs sind ausgemacht, Graf."

„Wer behauptet das?" brauste der Alte auf.

Es ging hin und her. Sie einigten sich bei fünftausend.

„Dafür bringen Sie meine Bibliothek und die alten Dokumente in Ordnung. Unsere Familie ist schon fünfhundert Jahre alt. Sie brachte große Männer hervor. Generäle, Minister, Gelehrte und Dichter."

Und große Hurenböcke, setzte Delarme in Gedanken hinzu, die den Syphilisorden bekamen.

„Warum grinsen Sie so?" fragte der Alte. Offenbar sah er noch recht gut. Auch sein Ohr war scharf.

„Ich werde alles zu Ihrer Zufriedenheit erledigen, Sire", versprach der Student. „Nach welchen Gesichtspunkten wünschen Sie die Bibliothek geordnet?"

„Nicht nach dem Alphabet", witzelte der Alte, „auch nicht nach der Farbe der Umschläge, sondern nach Sachgebieten und Epochen. Philosophen extra, Werke der Dichtkunst und Literatur getrennt, Erstausgaben in die versperrbaren Regale. Und merken Sie sich eines, junger Freund, ich besitze sehr kostbare Bücher, von denen eines mehr wert ist, als Sie je in einem Jahr verdienen werden. Wenn ich Sie beim Diebstahl erwische, lasse ich Sie ausprügeln. Und noch ein allerletzter Rat..." Die Lippen des Alten näherten sich zittrig dem Ohr Jean Delarmes.

„Hüten Sie sich", warnte er ihn, „hüten Sie sich vor meiner Tochter. Sie ist eine Nutte."

*

Was den letzten Rat des Grafen betraf, so gab Delarme sich alle Mühe. Er stand früh auf, ging in die Bibliothek und verließ sie nicht mehr bis zum Abendessen, das er mit den Domestiken einnahm. Dann schloß er sich in sein Turmzimmer ein, hörte Radio oder schrieb an seiner Examensarbeit.

Aber diesem Weib konnte man nicht entkommen.

Als er sie zum ersten Mal sah, waren alle guten Vorsätze dahin.

Sie kam direkt aus dem Pool in die Bibliothek, noch naß, mit einem winzigen Bikini bekleidet, und sie humpelte.

„Los, massieren Sie mich. Ich bekam 'nen Krampf beim Schwimmen."

Sie legte sich auf das Sofa und drehte das Gesicht zur Wand.

„Wo?"

„Am Oberschenkel. Sehen Sie nicht die Verspannung, Sie Idiot?"

Er wagte nicht, sie zu berühren. Zu sehr faszinierte ihn dieser Körper, dessen zarten Bräune wie goldgetöntes Porzellan schimmerte. Ihr Gesicht war das einer unschuldigen Puppe, mit dunklen runden Augen und einem kirschförmigen Mund. Das pechschwarze Haar hatte sie hochgesteckt.

Seine Finger berührten ihre Haut, zuckten aber zurück.

„Mach schon, mein kleiner langnasiger Cyrano de Bergerac!"

Daß sie ihn mit dem Dichter verglich, machte ihm Mut. Er packte beherzt zu, so fest er konnte. Doch ihr war es zu wenig. Sie trieb ihn an, bestand darauf, daß er den Schenkel knetete, bis tief zu den Muskeln, daß er sie walkte und mit dem Handrücken darauf hämmerte.

Er kam außer Atem, und sie genoß es. Als der Krampf gelöst war, wobei die Frage, ob sie je einen gehabt hatte, offen blieb, forderte sie: „Weiter, fester, höher, ja, die Lende auch, mehr der Mitte zu!"

Erschrocken über dieses Ansinnen, sie dort berühren, hob er die Hände.

„Du hast wohl Angst, Doktorchen?"

„Ich bin kein Arzt, Comtesse."

„Noch nie einer Frau zwischen die Beine gefaßt, he? Los, ich befehle es dir."

Doch er setzte sich an den Tisch und tauchte hinter den Berg von Büchern.

Als er später zwischen den Stapeln hindurchlugte, war sie fort. Auf dem Sofa glänzte ein nasser Fleck.

Zwei Tage später ging er vor dem Frühstück im Park spazieren. Es war ein frischer, sonniger Morgen.

Seit der ersten Begegnung mit der Comtesse versuchte er die Gedanken an sie zu zügeln. So auch jetzt. Da hörte er das dumpfe Galoppieren eines Pferdes draußen auf der Weide jenseits der Hecke, die den hinteren Teil des Parkes abschloß. Das Hämmern näherte sich. Wie ein gestreckter Schatten setzte der schwarze Hengst über den Liguster.

Mit brutalem Riß am Zügel brachte die Reiterin ihn zum Stehen, sprang ab und rief:

„Kommen Sie rasch her, Jean!"

Er blieb stehen. Sie näherte sich ihm. Dabei knöpfte sie hastig die weiße Bluse auf.

Er sah ihre nackte Haut und die kräftigen Brüste. Sie hatten dunkle Spitzen mit Höfen, so rund und groß wie Mokkatassen. Die Spitzen wuchsen jetzt zentimeterhoch.

„Was starren Sie so", fauchte sie. „Eine Biene hat mich gestochen, oder eine Hornisse. Ganz in der Mitte rechts. Los, saugen Sie. Saugen Sie den Stachel und das Gift heraus, Jean."

Da er unentschlossen, ja verdattert, wirkte, trat sie ihm mit dem Reitstiefel auf den Fuß.

„Mach schon, Junge, ehe das Gift sich verteilt."

Ungeschickt nahm er die rechte Brust zwischen beide Hände, senkte den Kopf, brachte die Lippen an die gekräuselte Haut und begann zu saugen wie an einem Lutscher. Auch mit der Zunge gelang es ihm nicht, den Stachel zu finden.

Sie hatte keinen Krampf im Oberschenkel, dachte er, und eine Hornisse hat sie auch nicht gestochen. Wie weit treibt sie es noch.

Er saugte kräftiger und spürte, wie es ihr gefiel, wie ihr Körper sich zu ihm hindrängte.

„Nicht aufhören! Fester, du Schwächling! Hast du nie Muttermilch getrunken?"

Er ließ von ihr ab.

„Ich hatte eine Amme", sagte er. „Gegen deren Brüste sind Ihre Dinger so gut wie nicht vorhanden, Comtesse."

„Jetzt die andere Seite", forderte sie.

Er beugte sich wieder herunter, und weil er sich gedemütigt fühlte, biß er zu.

Sie packte ihn bei den Haaren, riß seinen Kopf nach oben und zog ihm die Reitgerte quer durchs Gesicht.

„Damit das klar ist", zischte sie, wandte sich ab, stieg auf den Hengst und war weg.

Damit was klar ist? überlegte Jean Delarme.

Er machte sich an die Arbeit, mußte aber ständig darüber nachdenken.

*

Delarme sah die Comtesse tagelang nicht. Sie sei zu einem Segeltörn im Pas de Calais, hieß es.

Dann ging das Telefon in der Bibliothek.

„Florence St. Cruix", meldete sie sich. „Ich bin auf der hinteren Terrasse. Kommen Sie kurz mal rüber, Jean."

Sie ruhte unter einem Sonnenschirm auf der

Liege. Völlig nackt. Träge deutete sie zu der Flasche mit dem Sonnenöl.

„Einreiben! Nimm nicht zu wenig. Und mit kreisenden Bewegungen, bitte."

Sie drehte sich um. Er tropfte das Öl auf ihren Rücken.

„In deine Hände das Öl, du Anfänger."

Er verteilte das Öl über Schulter, Rücken, Taille und Schenkel. Sie reckte ihr Gesäß empor.

„Da auch. Und tief in die Spalte, wenn ich bitten darf."

Dann drehte sie sich um.

Wieder fing er mit dem nach Nuß und Zitronen duftenden Sonnenöl oben an, beginnend beim Hals, dann über die Schultern und Brüste bis zum Nabel. Die Mitte darunter ließ er aus. Er ölte die Füße, die Waden, die Knie und dann die Schenkel ein, außen und auch innen.

„Dasselbe wie hinten gilt auch vorn", forderte sie.

„Was meinen Sie, Comtesse?"

„Auch zwischen den Beinen in die Tiefe. Hier gibt es keine Tabuzonen."

Er tat wie befohlen.

Sie beobachtete ihn mit ihren dunklen Puppenaugen und befeuchtete die Lippen mit der Zunge.

„Gut machst du das, Junge."

„Gern geschehen, Comtesse."

„Jetzt möchte ich eine Limonade mit viel Eis."

Fortan war er Luft für sie.

„Aber dalli!" rief sie noch.

Doch er reagierte unerwartet.

„Hol sie dir selbst", sagte er, „Merci, Madame", und ging.

Sie griff die Flasche mit dem Sonnenöl und warf sie hinter ihm her, verfehlte ihn aber.

Er hörte noch ihre Flüche.

„Du verdammte Kanaille!" rief sie. „Du Mistkerl, du arroganter Bastard!"

*

Der alte Graf ließ sich über den Fortschritt der Arbeiten zwar berichten, zeigte aber immer weniger Interesse. Jeden Freitag zog er unter dem Kopfkissen die Geldbörse hervor und zahlte den Studenten Jean Delarme in bar aus.

Als Delarme mit den Büchern fertig war, gab der Alte ihm den Schlüssel zu dem schweren Renaissanceschrank, der so sicher wie ein Safe war. Es war der Aufbewahrungsort für die alten Schriftstücke, die Taufscheine, die Ehekontrakte, Testamente, notarielle Kaufverträge und Grundbuchauszüge. Er enthielt das Dekret, mit dem Ludwig XIV. den St. Cruix das Lehen für ewig und immerdar überlassen hatte, sowie Tagebücher und Aufzeichnungen, auch die eines gewissen Nicholas de St. Cruix, Schatzmeister Napoleons.

Delarme ließ sich Zeit mit der Sichtung des Materials, um seine Zeit auf dem Château mit Anstand über die Runden zu bringen.

Die Handschrift des Nicholas de St. Cruix, verfaßt in New Orleans in den Jahren 1817-21, war unvollständig. Es fehlten etwa ein Dutzend Seiten. Sie waren nicht zu finden, so lange er auch danach suchte.

In der Nacht zog ein fürchterliches Unwetter über Westflandern. Der Sturm ließ die Bäume rauschen wie Meeresbrandung. Er fetzte Ziegel von den Dächern und schüttelte Türen aus der Verriegelung, bis die Scheiben barsten. Die Blitze zuckten blauweiß durch das Tal. Der Donner krachte und verstärkte sich eher noch, als die Tür zum Turmzimmer aufsprang.

Eine weiße Gestalt schlich herein. Beim nächsten Blitz sah Delarme die Comtesse. Sie tastete sich zu seinem Bett und kroch zu ihm unter das Laken.

Zitternd preßte sie sich an ihn.

Delarme hatte keine Angst vor Gewittern, aber ihre Nähe ließ ihn erbeben.

„Du hast wohl keinen Schiß?" fragte sie.

„Nur vor etwas anderem."

„Vor was?"

Sie begann, ihn zu berühren und zu streicheln. Am Hals, an seiner lächerlich flachen Brust und tiefer. Weiter unten entfuhr ihr nur ein Staunen.

„Keine Muskeln, aber was für ein mächtiges Ding."

„Laß es uns dorthin tun, wo es hingehört", stöhnte er. „Du wirst es schon kleinkriegen."

„Nein, mir gefällt es, wie es ist. Lassen wir es so."

Er berührte sie, aber sie entzog sich ihm. Als er sie fragte, warum, sagte sie:

„Nur um zu sehen, ob du deine Keuschheit abgelegt hast."

„Du warst eine glänzende Lehrerin."

„Aber das Examen mußt du bei einer anderen Frau bestehen", sagte sie. „Mädchen wie ich lassen sich nie mit Jungen ein, wie du einer bist. Sie müssen schon aus der Clique kommen, zumindest müssen sie ..."

„Was sein? Adlig, reich, sportlich, schön?"

„Du hast nichts von alledem. Du bist der totale Versager, Jean Delarme."

„In drei Monaten habe ich meinen Doktor", protestierte er.

„Na ja", meinte sie. „Dann komm nächstes Jahr wieder."

Der Sturm hatte aufgehört. Sie verließ sein Bett. Was von ihr zurück blieb, war der Duft ihres Parfums und ihrer Seife.

Das war die Nacht, in der Jean Delarme sich vornahm, alles zu tun, um diese Frau zu bekommen – einmal wenigstens.

Er würde arbeiten, Geld verdienen, sich besser kleiden. Er würde sich in einem Bodybuilding-Center schinden, würde Anabolika fressen, bis ihm Muskeln wuchsen, würde sich Bräune holen und nächstes Jahr wiederkommen.

Wieder sah er Florence mehrere Tage lang nicht. Dann schickte sie einen Diener, der ihn aufforderte, zu den Ställen zu kommen.

Er ließ seine Arbeit liegen und eilte hinüber in den Gutshof. Das Tor war offen, auch die Fenster. Die Pferde standen in ihren Boxen. Niemand war zu sehen, nicht einmal der kräftige blonde Stallbursche, der sich nur selten von hier entfernte.

Es war Mittagszeit. Plötzlich vernahm Delarme erst ein leises Wimmern, dann ein tiefes, stoßendes Atmen.

Er eilte durch die Boxengasse. An der gekalkten Wand bewegte sich ein Schatten. In der Form unverkennbar halbrund stieß er auf und ab, auf und ab. Plötzlich vernahm Delarme einen Schrei, spitz und wollüstig. – Und dann unvorstellbar obszöne Worte.

Hinter einer Säule versteckt, schielte Delarme

über die Bretter der hintersten Box. Dort im Stroh lagen sie, Florence und der Stallbursche.

Beide waren nackt bis zum Nabel. Der Stallbursche lag auf ihr. Mit den gespreizten Beinen umschlang sie seinen Körper, wobei sie ihn mit den Fersen bearbeitete wie ihren Hengst, wenn sie ihm die Sporen in die Flanken schlug.

Sie arbeiteten zischend und schnaufend wie die Kolben einer schlecht geölten, kreischenden Dampfmaschine. Immer schneller, immer rasender, bis der Kessel explodierte.

Da wußte Jean Delarme, für wen diese Darbietung gedacht war. Nur für ihn. Um ihm zu beweisen, daß er ein Nichts war.

Er fühlte sich zutiefst beleidigt, beschämt und maßlos erniedrigt. Er dachte an Rache. Er sah den Brunnen und die Eimer zum Tränken der Pferde. Er dachte daran, Wasser und Pferdekot zu verquirlen und über den beiden auszuleeren. Doch damit hätte er gezeigt, daß es ihn schmerzte.

Also ging er so leise, wie er gekommen war.

*

An seinem letzten Arbeitstag, als es nur noch manches einzuordnen gab, einige Listen und Verzeichnisse abgeschlossen werden mußten, kam die Comtesse zu Delarme in die Bibliothek.

Sie tat, als sei nichts gewesen. Unter dem Arm hatte sie eine Mappe mit Papieren, in der Hand ein goldenes Zigarettenetui, besetzt mit einer Blüte aus Diamantsplittern.

„Sie reisen morgen ab, Jean?" gab sie sich menschenfreundlich.

„Ja, in aller Frühe."

„Ohne Bedauern?"

„Ohne das geringste, Comtesse."

„Und ohne Abschied."

„Das war mir bis jetzt nicht möglich."

Sie legte das Etui neben seinen Ellbogen.

„Da Sie ja doch einmal rauchen werden ... Ein Geschenk von mir zur Erinnerung."

„Merci, Comtesse", antwortete er kühl.

In einem Ton, als ginge es um Geschäftliches, fuhr sie fort:

„Sie begehren mich, Jean."

„Nein, nicht mehr, Comtesse."

„Sie lügen", sagte sie. „Sie begehren mich, wie Sie niemals eine andere Frau begehren werden."

Er schloß die Augen und nickte. Wozu sich verstellen. Morgen war er in Paris. Man würde sich nie mehr wiedersehen.

„Okay", sagte er. „Zufrieden jetzt?"

Wieder in schneidendem Ton, die Papiere vor ihm ausbreitend, antwortete sie:

„Ja, okay, ich bin zufrieden. Und Sie können mich kriegen, Jean Delarme, ein einziges Mal, sofern das Ihre Männlichkeit befriedigt. Wann das sein wird, ist Ihr Problem. Der Zeitpunkt hängt davon ab, was Sie aus diesen Dokumenten machen."

Es waren Fotokopien der fehlenden Seiten aus dem Nachlaß des Grafen Nicholas de St. Cruix, begonnen in New Orleans, beendet in Paris in dem Jahr, als man Napoleons Gebeine im Invalidendom beigesetzt hatte. Alles war in einer kaum entzifferbaren Geheimschrift abgefaßt.

„Niemand", behauptete die Comtesse, „konnte den Schluß des Textes bis heute entziffern. Ist das nicht eine Herausforderung für Sie? Hinter der

Sache steckt viel, sehr viel Geld. – Und als ideellen Lohn betrachten Sie bitte mich."

Was sollte er tun? Er kannte sich selbst nicht mehr. Er kam aus dem Staunen nicht heraus. Er war fasziniert, erschüttert, angewidert und doch wieder gefesselt.

„Florence", sagte er leise. „Was Sie da von mir verlangen..."

„Zeigen Sie, daß Sie ein Mann sind, Jean."

„Das kann viele Jahre dauern."

„Sie sind klug, intelligent, mitunter sogar schlitzohrig, und gehen Sie nicht auch über Leichen?"

„Vielleicht dauert es zehn Jahre."

Sie zeigte ihr Puppenlächeln, näherte sich ihm und küßte ihn.

„Auch in zehn Jahren, mon cherie", flüsterte sie, „werde ich noch sehr schön sein."

3.

Nach Auflösung des nahezu unglaublichen Barbarossa-Rätsels hatte der BND-Agent Nr. 18, Robert Urban, sich auf unbestimmte Zeit mit unbestimmtem Ziel abgemeldet.

Wer ihn kannte, der wußte ungefähr, wo er sich herumtrieb. Wie alle Lebewesen war auch er ein Gewohnheitstier. Der einsame Wolf bevorzugte seine alten Jagdgründe. Davon gab es nicht allzu viele.

Klettern in den Dolomiten, off-roaden in der Wüste, grillen an einem sonnigen Strand unter Palmen. Die Hocker irgendeiner Bar bebrüten, war so ein Hobby, ebenso herumsegeln auf einem Meer mit zerklüfteten Küsten, wo es kleine Häfen mit Restaurants gab, in denen der Patron noch selber kochte. — Das dürfte es dann auch schon gewesen sein, denn wirklich exklusive Puffs waren leider im Aussterben.

Deshalb hatte Urban sich für zehn Tage einen umgebauten Fischkutter gemietet und war gegen steifen Nordwest durch die Meerenge von Messina gekreuzt.

Der Kutter hielt stur seinen Kurs, auch wenn man die Speichen des Steuerrades für einige Zeit an den Tampen hängte.

In der geräumigen Kajüte über die Seekarte gebeugt, überlegte Urban, welche Insel der Liparen er ansteuern sollte. Die großen kannte er alle. Stromboli, Vulcano, Salina. Wie wär's mit Filicudi?

Das lag nordwestlich. Genau von da kam der Wind.

Mit der schweren Genua des Kutters kam er nicht hoch genug an den Wind heran. Gegen den Wind segeln, bedeutete Arbeit, kreuzen in weiten Schlägen. Dann lieber dieseln.

Mal hören, wie das Wetter wird. — Urban knipste das Radio an. Noch fiel am stärksten Messina ein. Gestern war Reggio besser gekommen, vorgestern der Sender von Syrakus.

Sie spielten noch Musik. Immer vor dem Seewetterbericht, den sich hier jeder mit Planken unter den Füßen anhörte, brachten sie eher erträgliche Nummern. Swing, frühen Rock, mal eine neapolitanische Schnulze.

Urban bekam die letzten dreißig Takte einer alten Teddy-Stauffer-Platte mit. Sie spielten *Goody Goody,* und das schon zum zweiten Mal an diesem Tag.

Entweder hatte der Platten-Jockey die Scheibe neu entdeckt, oder es lag etwas anderes vor — was Urban aber nicht hoffte.

Als Kap Faro in der Ferne versank, steckte er den Kurs ab. Bei 320 Grad hatte er die grobe Richtung.

Er holte das Segel herunter und ließ den Diesel an. Nach schier endlosem Vorglühen ratterte er los. Dann saß er im Schatten des Ruderhauses, döste vor sich hin, rauchte, trank hie und da einen Schluck Roten und zählte die Tage, die ihm noch blieben. — Sechs oder sieben. Dann wollte er den Kutter in Cefalù zurückgeben und nach Hause fliegen. Oder auch nicht.

Urban berechnete, wann er in Filicudi sein konnte. Leider starben die Inseln allmählich aus. Ob es die kleine Cantina am Hafen noch gab, die innen so verplankt war wie die Arche Noah?

Plötzlich fiel ihm *Goody Goody* wieder ein. In vier Stunden kam die nächste Seewetterdurchsage.

No, bis zum Abend schaffte er die Insel nicht. Er mußte essensmäßig auf das zurückgreifen, was an Bord war. Er hatte genug Dosen dabei, der Butankühlschrank war halbwegs voll. Er würde sich eine Büchse Boston-Bohnen aufwärmen, dazu Cornedbeef, einen Schlag Chili. Das gab den richtigen Männerdurst. — Wie stand es mit dem Weinvorrat? Der Fünfundzwanzig-Liter-Ballon war noch zu zwei Dritteln voll.

Der Wind ließ nach, die Wolken schoben sich auseinander. Es wurde Abend. Kaum bewegte See. Eine alte Dünung rollte langsam aus.

Würde eine feine Nacht mit hohem Sternenhimmel werden. Er würde vor Vulcano unter Land gehen und ankern. Abel mit der Mundharmonika.

Um 21.55 Uhr schaltete er das Radio noch einmal kurz an. Vor dem Seewetterbericht die übliche Schnulzenmusik. Und dann wurde ihm fast schlecht. Obwohl er die Nummer wirklich liebte, kam verdammt schon wieder *Goody Goody*, gespielt von der alten Teddy-Stauffer-Band. Friede ihren Trompeten.

Kein Zweifel, das war die Erkennungsmelodie für Notfälle. Sie speisten sie ein, wenn sie nicht genau wußten, wo er war, wenn sie ihn nicht anders erreichen konnten, als mit diesem Song, in dem sein Kampfname vorkam. Dynamit. – Vor Jahren war das als Signal ausgemacht worden. Es wurde selten benutzt, und jetzt kam es dreimal an einem Tag. – Sie hatten es sich was kosten lassen. Hier existierten Radio- und TV-Sender fast nur durch die Werbung.

Urban zitierte den Götz von Berlichingen auf italienisch. Es erleichterte ihn nicht. Er hängte noch eine Reihe von Flüchen an, hauptsächlich das italienische Wort für Mist. Merda, merda, o merda!

Dann stieg er ins Motorschapp und ließ den Fiat-Diesel wieder an.

Um 23.30 Uhr lief er im Hafen von Vulcano ein und telefonierte mit seinem Hauptquartier in Pullach bei München.

In dieser Nacht verringerte sich der Inhalt des Rotweinballons von ungefähr fünfzehn auf ungefähr zwölf Liter.

Raucht ohne Filter, Leute, dachte er, in Whisky veritas, liebt euch bis zum Geht-nicht-mehr, pfeift auf alles. Bald geht es wieder rund.

Im Halbschlaf nahm Urban zwei Dinge wahr. Die Sonne, die schräg durch das Bulleye stach, und die Schritte an Deck. Ein Stakkato, von hohen Damenschuhen erzeugt.

Nach einer kurzen Pause kamen die Schritte den Niedergang zur Kajüte herunter.

Sie hat den engen Rock über die Knie hochgezogen, dachte er, damit sie die Beine auf der steilen Treppe weit genug auseinanderbringt.

Sie trug immer enge Röcke und enge Blusen. Sie nahm auch immer alles ziemlich eng. – Ausgerechnet Donna mußten sie schicken.

Urban schaute auf die Rolex. Erst halb zehn. In neun Stunden von München bis zu den Liparischen Inseln, keine sensationell gute Zeit für einen Kurier, dem die modernsten Transportmittel zur Verfügung standen. – Es wurde geklopft.

„Tür ist auf!" rief er, verkatert und verschlafen.

Sie rüttelte daran.

„Schieben", sagte er, »nach backbord. Backbord ist da, wo du den kleineren Busen hast."

Wütend riß sie die Tür auf.

„Was weißt du schon von meinen Titten."

Zunächst sah er nur ihre Beine, den bis zu den Schenkeln gerafften grün-blau karierten Rock, den Blazer. Als sie sich bückte, konnte er sich überzeugen, daß es wirklich Donna war. Blond, gekräuselte Locken, grüne Augen, roter Mund.

Eigentlich hieß sie Klara. Aber sie nannten sie Donna, wegen des Songs *O Donna Klara, ich hab dich tanzen gesehen* und weil ihr einer gesagt hatte, er finde Klara total beschissen. Er wüßte, wie sehr ein Mensch unter seinem Namen leiden könne. Ihm hätte man einen Karlheinz verpaßt.

Urban schwang sich aus der Koje, saß da,

gähnte, strich über die unrasierten Wangen und grapschte nach einer Tablette. Thomapyrin con pura acqua.

»Hallo, Donna!«

Sie schaute sich angewidert um, sah den mit den Goldmundstückkippen überquellenden Ascher und das noch halbvolle Glas.

„Muß ja eine tolle Nacht gewesen sein", bemerkte sie und schraubte das Bulleye auf. „Wie das hier stinkt!"

„Auf Schiffen heißt stinken miefen", erklärte Urban. „Lieber warmer Mief als kalter Ozon. Alte Seemannsweisheit."

Er war völlig bekleidet. Dunkle Hose, nicht mehr ganz weißes Hemd, Bordschuhe aus Segeltuch.

Donnas Blick sagte alles: Hattest nicht mal mehr Zeit, dich auszuziehen, he!

„Bin ganz solo an Bord", entschuldigte er sich. „Seit 'ner Woche fast. Was für ein feines Leben! Und dann kommst du."

„Sie suchen dich seit Tagen."

„Und ich verhole mich seit Tagen."

„Gibt Arbeit, Dynamit."

Sie schob sich auf das Ecksofa aus grobem Kunstleder und nahm einen Schluck von dem Inselwein.

„Klar, das paßt dir alles nicht", bemerkte sie mit ihrer sanften Feldwebelstimme aus Stahlblech.

„Schmeckt wie die Schokolade eines Osterhasen, der schon mal ein Weihnachtsmann war."

Sie zog den Blazer aus. Wieder diese verdammt enge Bluse mit kaum was darunter. Sie zwängte die Beine übereinander. Eines mußte man ihr lassen. Sie hatte Beine bis an Deck, wie der Seemann sagte.

Wie ein Hai, der lange nicht gefressen hatte, kam Urban sich vor, unterdrückte aber den Hunger. Ist gar kein echter Hunger, dachte er, ist nur Freßgier. Diese unkeusche, wollüstige, sündhafte Gier. – Er versuchte sich zu schämen, aber es klappte nicht.

Donna hatte nur eine Umhängetasche dabei. Aus dieser nahm sie eine bekannte Münchner Zeitung, eine Mischung aus Boulevard- und Revolverblatt.

Vorn auf der Titelseite ein Bild, ein Name und Schlagzeilen.

„Es steht auch in der *Welt* und in der *Zeit.*"

„Und alle Sender brachten es", höhnte er.

„Prominenter Typ."

„Alfons Wahlstadt, komisch, nie gehört."

„AWA-Konserven", ergänzte Donna.

„Woher stammt er? Im Zweifelsfall aus Düsseldorf."

„Großindustrieller, Multimillionär. Hält mehr als zwanzig Prozent am Weltkonservenmarkt."

„Auch bei Wiener Würstchen?" fragte Urban.

„Er beliefert unter anderem die Bundeswehr, die NATO und die NASA mit Weltraumnahrung."

„Und sogar mich", sagte Urban. „Schau mal im Frigidaire nach."

Er las. Was er las, kommentierte Donna knapp und zynisch.

„Tot in Capri."

„Messerstiche. Vier Stück."

„Schön symmetrisch angeordnet, steht da."

„Hatte keine Feinde, nur Freunde."

„Wer in Capri Urlaub macht, hat insbesondere warme Freunde", ergänzte Urban. „Schon mal von der Schwuleninsel gehört?"

„Hast du was gegen Schwule?" tat sie entrüstet.

„Werde mich hüten", gestand Urban. „Sie

machen statistisch sechs Prozent unserer Bevölkerung aus und zahlen brav ihre Steuern. Und wer lebt von den Steuern der braven Bürger? Unter anderem auch Urbans Robertchen."

„Kannst du auch mal ernst sein, Mann?"

„Im Urlaub?"

„Der ist vorüber", zischte sie, schön und kalt wie Kristall. Sie mochte ihn gerade jetzt noch weniger als vorher. Er fühlte es.

„Und was habe ich dort zu tun, bitte?"

„Du bist immer noch Agent des BND."

„Na schön. Und was hat der BND damit zu tun?"

„Alfons Wahlstadt ist Deutscher. Er war dabei, eine Spezialnahrung für die NATO der neunziger Jahre zu entwickeln."

„Verstehe, Schnitzel in Fingernagelgröße mit Kalorien, soviel wie ein halbes Schwein. Nach der Vorgabe: drinnen größer als draußen. Die armen Kumpels, die das kauen müssen. – Ist das alles, Gnädigste?"

„Hinzu kommt das Mysteriöse an seinem Hinscheiden. Ein Mann, der staatsweit als generöser Wohltäter gilt, nach dem Motto: Leben und leben lassen, wird ermordet."

„Vier Stiche", murmelte Urban. „Links, rechts, oben, unten. Messer sind bevorzugte Frauenwaffen."

„Wie Gift."

Er legte die Zeitung weg.

„Dann muß ich wohl rauf nach Capri."

„Mit diesem alten Zossen?"

„Er läuft auf der Direttissima, und er ist sehr schnell."

„Wie schnell?"

„Zweihundertzwanzig", sagte Urban.

„Kilometer? Du spinnst wohl."

„Meilen", verbesserte Urban, „pro Tag. — Hübschen Ring hast du, Donna. Frisch verlobt?"

Es war ein protziger Bomber aus Gold, mit Brillanten und Smaragden besetzt. Keine vernünftige Frau trug in Italien so einen Apparillo. Hier waren den Damen schon für weniger üppige Dinger die Finger abgeschnitten worden. — Aber Donna konnte ja Karate und Judo. Außerdem wollte sie ihn damit bloß ärgern.

„Locker fünfzigtausend wert", erwähnte sie. „Dein Ring da ist eher schäbig."

Zugegeben, seiner war eher aus schlichtem Blech.

„Gold gab ich für Eisen", sagte Urban.

„Paßt nicht zu dir."

„Dafür paßt deiner zu dir wie Faust auf Niere. Jeder trägt, was er verdient. Du liebst Gold mit Diamanten und Smaragden."

„Und Mister Dynamit trägt Stahl."

„Aber", ergänzte Urban, „er gehörte mal Friedrich dem Großen. Und was dem alten Fritz gut genug war... Woher, bitte, stammt deiner? Von Mister Tiffany oder von Monsieur Cartier?"

Das war der Punkt, an dem es zuviel für sie wurde. Sie erreichte immer sehr schnell diesen Punkt.

Sie mochten sich eben nicht. Sie mochten sich zu neunundneunzig Prozent nicht. Doch mitunter kam das eine Prozent zum Tragen. Oft sogar urplötzlich.

„Entweder ich haue dir jetzt eine runter, du Scheusal", rief sie, „oder..."

„Oder nicht, und du bleibst da."

Sie war ein Eisberg. Aber das Logis hier war heiß wie die Sahara. Da ging es Eisbergen schlecht.

„Niemals."

„Um so besser", sagte er. „War das eine schöne Zeit, bevor du kamst."

Ruckartig stand sie auf und griff an. Auf ihre Art. Sie umarmte ihn und preßte sich an ihn, daß es ihm wie heißes Blei den Rücken hinunterlief.

Dann ließ sie ihn los und riß sich alles herunter.

„Ich weiß", keuchte sie, „wir haben beide den absoluten Dachschaden. Aber es braucht ja keiner zu wissen."

Ihre Küsse waren feucht und heiß, ihre Stimme rauh, ihre Bewegungen die einer eleganten Maschine.

„Wo, verdammt, bist du so lange geblieben", fluchte sie zärtlich.

„Du weißt es."

„Warum haben wir nie Zeit füreinander?"

„Haben wir doch."

„Bloß nicht dort auf diesem schmalen Bett."

„Kojen, sagen die Seeleute dazu."

„Und wie sagen sie zu Geschlechtsverkehr?"

„Mal nachdenken."

„Denk nicht, tu's."

Sie legte sich auf den Tisch, an Bord Back genannt, und als er sie nahm, flüsterte sie:

„Endlich wieder daheim."

„An Bord", verbesserte er sie.

*

Das war das Besondere an Urban und Donna. Sie mochten sich nicht sonderlich, aber sie waren immer wieder mal unheimlich scharf aufeinander.

Das dauerte dann ein paar Tage. Diesmal hielt es von Vulcano quer durchs Tyrrhenische Meer an. Selbst als sie in den Golf von Neapel kamen und Capri in der Ferne auftauchte, war noch ein Rest davon vorhanden.

„Wie wirst du vorgehen?" fragte die BND-Agentin Donna, diesmal im Einsatz als Sonderkurier tätig.

„Erst mal anlegen."

„Die Italiener und Interpol haben den Fall in der Hand."

„Kenne sie fast alle und kann mit ihnen umgehen. Ich werde mich natürlich raushalten und nur rumhorchen."

„Wenn du willst, schaffst du es fast immer."

„Fast?" fragte er erstaunt.

„Du wirst schon wieder arrogant. Wird Zeit, daß ich dich noch mal ran nehme."

„Beeil dich, in einer Stunde sind wir da."

Sie ließen den Kutter einfach weiterlaufen.

In der engen Koje war es unumgänglich, daß man sich auch hinterher sehr nahe war.

„Warum hast du nie Zeit?" flüsterte Donna.

„Warum ist Essig sauer?"

„Hast du vielleicht einen Bruder?"

„Zum Glück nein", antwortete er. „Er wäre der gleiche Arsch wie ich."

„Einen Blutsbruder."

„Nur Winnetou."

Im selben Moment riß sie ein tiefer brutaler Ton beinah aus der Koje.

Nackt wie er war, stürmte Urban an Deck. Die Dampfersirene haute ihn fast um. Der Tankerbug vor ihm, der eines 300 000-Tonners, wuchs riesig empor wie ein rostrotes Hochhaus.

In letzter Sekunde, bevor sie das stählerne Ungeheuer zermalmte, wirbelte Urban das Ruder nach steuerbord und gab dem Diesel Vollgas.

Die Bugwelle des Supertankers erfaßte sie und warf sie herum wie treibenden Abfall.

Urban hörte Donnas Entsetzensschrei. Als sie außer Gefahr waren, eilte er unter Deck. Sie hatte sich in der engen Koje so reizvoll eingespreizt, daß er gar nicht anders konnte.

„Was war das?" fragte sie.

„Ach nichts", sagte er. „Komme gleich zu dir."

4.

Ralph Madison gehörte zu Hollywoods neuer Prominenz. Er galt als universeller Star. Er tanzte wie Fred Astaire, ritt wie John Wayne, verführte Frauen wie Cary Grant, konnte Gangster jagen wie Steve McQueen, hatte aber einen Vorteil: er lebte noch.

Außerdem war er hochintelligent und so rotzfrech, daß er neben seiner Filmerei auch noch Quizmaster spielte. Auch dabei war er einer der Erfolgreichsten. Er zerlegte jeden, der auf seinem Podium Platz nahm, ob Politiker oder Rocksängerin, bis zur letzten Schraube. Sie fürchteten ihn, aber sie kamen. Denn wer einmal in Madisons Sendung auftrat, war so bekannt wie ein Oskar-Preisträger.

Ralph Madison war demzufolge auch gehaßt. Nur die drei Männer, die ihn seit Tagen verfolgten und beobachteten, die haßten ihn nicht. Er war ihnen völlig gleichgültig. Im Gegenteil, sie mieden

Typen wie diesen Madison, wie Hunde räudige Katzen.

Es gab nur einen Grund für sie, sich mit ihm zu befassen: Sie sollten ihn töten. — Für hunderttausend Dollar pro Messerstich.

*

Sie wechselten die Fahrzeuge und ihr Aussehen. Sie trugen Brillen oder Perücken. Einer von ihnen wäre sogar als Mädchen durchgegangen. Aber Ralph Madison war der reinste Zappelphilipp.

Nie blieb er irgendwo länger als eine Stunde. Morgens ging es los mit Joggen in den Hügeln hinter Beverly. Dann kam Schwimmen an die Reihe, und schon flitzte er in seinem Cabriolet davon, zum Frühstück bei Tamiroff mit Geschäftspartnern.

Die nächsten Stunden drehte er an seinem neuen Film in den CIC Studios. Am Nachmittag Termine bei seinem Agenten, beim Anwalt, beim Finanzberater, beim TV-Sender Fifty-five. Zum Fünfuhrtee Auftritt im Hilton, danach Dinner mit Produzenten. Um 21.00 Uhr jeden Montag und Donnerstag seine Talk-Show, im Anschluß daran Partys. Und nochmals Partys. Um Mitternacht war er noch immer unterwegs. Oft in einer Bar, wo er mal das Schlagzeug hämmerte, die Trompete blies oder sang. Dann schwirrte er meist mit irgendeiner neuen Puppe ab. Selten in sein Haus, meist in sein Apartment draußen am Pazific-Road.

„Er nimmt sie nie mit in seine Villa", sagte einer der vier Killer.

„Weil dort seine Mutter das Sagen hat."

„Falsch. Er kann immer nur einmal mit 'ner

Frau. Warum sollte er sie also mit nach Hause nehmen."

Immer zwei der Killertypen beschatteten Madison permanent. Nach einer Woche waren sie nicht weiter und hatten auch noch kein Konzept.

„Wir können ihn doch nicht am Sunset Boulevard abstechen, oder?"

„Oder wo dann, bitte?"

Sie gerieten in Druck. Die Zeit drängte. Sie hatten noch andere Objekte auf der Liste.

„In drei Tagen muß er erledigt sein."

„Reif ist er heute schon."

„Dann pflück ihn dir doch, Mann."

„Wie und wo denn? Bin ich lebensmüde."

Es ging darum, den Job zu erledigen und nicht von der Polizei erwischt zu werden. Also beschatteten sie Ralph Madison weiter.

Als die Aussicht, ihn zu kriegen, immer trüber wurde, brach einer von ihnen in der Tiefgarage der California-Bank Madisons Ferrari auf und setzte eine Wanze. Nun konnten sie seine Gespräche vom Autotelefon mithören.

Es stellte sich heraus, daß er immer wieder mit einer bestimmten Lady flirtete. Sie war keine Schauspielerin, sondern die Frau eines steinreichen Elektronikindustriellen. Die Gespräche fanden mit einer gewissen Regelmäßigkeit morgens und am frühen Abend statt. Wie es sich anhörte, liebte Madison diese Frau und begehrte sie über alles. Noch verweigerte sie sich ihm, aber seine glühende Verehrung begann sie allmählich zu beeindrucken. – Oder noch mehr als das.

„Ihr Mann hat wenig Zeit, ist viel älter als sie und immer unterwegs", schätzte einer der Killer.

„Aber sie hat Angst, eine Affaire mit Madison käme heraus."

„Aber sie ist scharf auf ihn. Hol's der Teufel, und wie."

Wie es aussah, begann Madison, etwas Wasserdichtes zu organisieren. Und die Lady machte nach einigem Zögern mit.

Bei der nächsten Abendunterhaltung der beiden erzählte Madison, er habe in den Bergen ein Haus gekauft — nur als Liebesnest für sie beide. Es liege absolut einsam. Er beschrieb die Lage und den Weg, wie man hinkam. Und er könne sich das Weekend freinehmen, bot er an.

Ihr Mann müsse nach Europa, antwortete die unberührbare feine Ehegattin des Herstellers der weltberühmten Bluebird-Computer.

„Wie steht es mit einem Alibi?" fragte der Hollywoodstar.

„Meinst du es auch ernst?" fragte die Lady.

„Ich würde dich sofort heiraten", versprach der Star.

„Ich kann es versuchen, Ralph."

„Wie? Bloß keine Freundin einweihen, bitte. Die quatschen alle irgendwann mal."

„Ich segle hinaus mit unserer Yacht. Ganz allein. Das mache ich zuweilen."

„Wundervoll, Darling."

Es folgten noch genaue Absprachen über Zeit und Treffpunkt, und dann kamen die üblichen Liebesbezeugungen.

Der Killer, der dem Ferrari so gefolgt war, daß der Empfang einwandfrei blieb, fragte seinen Kollegen:

„Alles mitgeschrieben?"

„Und auf Band."

„Kann klappen."

„Es wird."

„Es muß. – Paris ist schon gebucht."

„Bloß keine Hetze."

„Ruf die anderen zusammen."

„Das Haus liegt in den Nevada-Mountains, unterhalb des Mount Whitney. Man nimmt die Küstenstraße nach Frisko und biegt vor San José ab."

„Brauchen wir einen Geländewagen?"

„Besser wär's."

Sie besorgten sich für alle Fälle einen allradgetriebenen Chevrolet Blazer. In den packten sie die nötige Ausrüstung. Proviant, ein Zelt zum Übernachten und ihre speziellen Mordinstrumente. Sie waren das einzige, was ihnen, abgesehen von den Opfern, vom Auftraggeber vorgegeben worden war.

*

Die unerwartete Schwierigkeit lag darin, daß Ralph Madison seinen Hubschrauber benutzte.

Damit holte er die Lady an der Marina in Santa Barbara ab und schwirrte quer durch die Landschaft davon.

Aber die Killer wußten, welches Ziel das Liebespaar ansteuerte!

Gut getarnt am Rande eines Johannisbrotgehölzes liegend, beobachteten sie das Blockhaus mit den Ferngläsern.

„Eleganter Schuppen."

„Denkst du, er bringt seine Königin in eine Bergsteigerhütte? Der Junge macht fünf Millionen Dollar im Jahr."

„Und nicht mal ein vergoldeter Jeep."
„Der läßt sich was anderes vergolden, Mann."
„Es nützt ihm wenig."
„Gar nichts hat er davon."

Die Liebenden nahmen auf der Terrasse Drinks. Später fuhren sie mit dem Jeep weg, badeten unter einem Wasserfall, schwammen in einem lagunenblauen See und kehrten in das Haus zurück. Es war illuminiert wie das Zentrum von Paris.

„Jetzt dinieren sie."
„Und dann vögeln sie."
„Haben sie wohl schon, oder?"
„Wer weiß. So feinen Ladies mußt du ganz feierlich den Schlüpfer über'n Hintern ziehen."
„Du bist eine ordinäre Sau."
„Ja, bin ich. Gott sei Dank."

Derjenige von den vieren, der das Sagen hatte, meinte:

„Kein Hund, kein Wächter, bestenfalls 'ne Alarmanlage."
„Und ein Colt unter dem Kopfkissen."
„Machen wir es jetzt."
„Laßt ihm die letzte Nacht. Ich würde auch lieber mit einer Frau im Arm sterben."
„Außerdem wird er ganz von selbst zu uns kommen. Er ist einer von diesen verrückten Joggern. Ich wette, erst bumst er die Nacht durch, dann macht er 'nen Geländelauf."
„Die Kondition möchte ich haben."
„Er hat sie", sagte der Mann, der den Ton angab. „Aber er hat sie nicht mehr lange."

5.

Auf Capri — niemand wagte je zu sagen *in* Capri — wurden die Lebenden abends munter. Der BND-Agent Robert Urban hingegen kümmerte sich um den Toten.

Alfons Wahlstadt lag noch immer auf der Insel. Die Polizei würde die Leiche erst freigeben, wenn die Kripo Neapel sie freigab, und die Kripo Neapel wartete auf die Anordnung des Staatsanwaltes.

Der allerdings hatte eine Liste von Fragen, die noch nicht beantwortet worden waren. So kam es, daß man Urban die Besichtigung des Toten gestattete.

In Anwesenheit eines lauernden Maresciallo, der jedes Wort zwischen Urban und dem Arzt mitzuschreiben schien, betraten sie den Felsenkeller unter der Gendarmeriestation.

Der Raum war kühl genug zur Aufbewahrung von allem, was nicht der Hitze des Tages ausgesetzt werden durfte. — Die meisten Häuser hatten solche Keller aus der Zeit, als es noch keine Kühlschränke gegeben hatte.

In diesem hier befanden sich leere Weinfässer, volle Aktenordner und hie und da eine Leiche. In diesem Fall die des Alfons Wahlstadt.

Sie hatten ihn auf zwei Bretter gelegt.

Der Inselarzt deckte ihn auf.

„Identifiziert wurde er schon", betonte der Maresciallo.

„Von wem?"

„Von einem leitenden Angestellten seiner Fabrik, glaube ich."

„Hat er keine Familie?"

„Unverheiratet, heißt es."

Urban ging um die Leiche herum. Dabei hielt er den Blechschirm der Lampe so, daß er alles deutlich sehen konnte.

„Vier Stiche", erklärte der Arzt. „Wegen der Hautverfärbung allerdings schwer zu erkennen. Zwei Stichwunden oben zwischen den Rippen, die anderen beiderseits unterhalb des Nabels."

Die Stiche bildeten in der Tat ziemlich genau ein Viereck.

„Welcher war der tödliche?" fragte Urban, obwohl er die Antwort zu wissen glaubte.

„Der von uns aus gesehen oben rechts. Er traf das Herz. Der andere die Lunge. Stich drei und vier drangen in die Bauchhöhle bis tief in den Verdauungstrakt. Links von uns aus gesehen traf der Stich etwa den Blinddarm und rechts ..."

Urban unterbrach den Arzt.

„Wie und wo fand man ihn?"

„Er war bereits tot. Der Herzstich führte zu innerer Verblutung. Die anderen Einstiche wären nicht tödlich, mithin also operabel gewesen, wenn man ihn rechtzeitig gefunden hätte."

„Auf der Straße, als er das Restaurant Amoroso verließ", ergänzte der Maresciallo. „Etwa um dreiundzwanzig Uhr. Man schleifte ihn hinter eine Abfalltonne. Am Morgen erschnüffelte ein Hund die Leiche. Er nahm die Spur auf, folgte ihr und verbellte ihn."

„Das war vor vier Tagen."

„Fünf", verbesserte der Maresciallo den Arzt.

Urban hatte den Eindruck, daß die Einstiche zwar präzise gesetzt, aber von unterschiedlicher Form waren.

„Der Täter benutzte nicht nur die Waffe."

„*Die* Täter", gab der Maresciallo sein Wissen

preis. „Man fand Würgemale und Prellungen. Sie sind jetzt nicht mehr sichtbar, waren aber Beweise dafür, daß ihn mindestens ein Mann von hinten festhielt und einer oder zwei andere zustachen."

„Nicht mit herkömmlichen Messern", vermutete Urban. „Diese Wunde hier scheint mir eher sternförmig zu sein."

„Ja, im Querschnitt ähnlich dem Mercedes-Stern."

„Messer und Dolche", sagte Urban, „sind zweischneidig. Dreischneidig sind nur Schaber, Dreikantschaber."

„Es gibt auch Vierkantschaber", äußerte der Arzt. „Aber Sie vermuten richtig. Hier handelt es sich vermutlich um Dreikantschaber, und zwar von unterschiedlicher Stärke. Die Waffe links unten hatte deutlich breitere Flanken als die, welche das Herz traf. Offenbar um damit besser zwischen den Rippen hindurchzukommen."

„Diese Mistkerle", fluchte der Maresciallo, „müssen sich was dabei gedacht haben."

„Mehr als wir ahnen", pflichtete Urban ihm bei. „Gibt es noch andere Spuren?"

„Was glauben Sie, warum der Staatsanwalt in Neapel die Leiche nicht freigibt, Colonello?" fragte der Polizist.

„Also keine Spuren."

„Noch sind zu viele Fragen offen", sagte der Arzt. „Warum vier Stiche. Warum in einem nahezu perfekten Viereck. Warum mehrere Täter, warum ausgerechnet dieser Mann, der nie einer Fliege etwas zuleide getan hat."

Urban blickte spontan auf.

„Sie kennen ihn, Dottore?"

„Wahlstadt kam seit Jahren auf unsere Insel. Er

wohnte immer in der Villa Elisabetta draußen am Kliff. Man behauptete, er sei Lire-Milliardär. Aber er trat stets bescheiden auf. Er protzte nicht, wenn Sie verstehen, was ich meine. Ein eleganter und kultivierter, doch eher unscheinbarer Mann. Vor Jahren einmal wurde er von einem Skorpion gebissen. Aber die Skorpione hier, sofern es welche gibt, sind ungiftig. Ich behandelte den Biß in meiner Praxis, damit es nicht zu einer Entzündung kam. Wenn wir uns fortan begegneten, wechselten wir einige Worte. Mehr weiß ich nicht."

„War er immer allein?"

„Einige Male besuchten ihn Mitarbeiter."

„Auch weibliche?" forschte Urban.

„Ja, auch eine Sekretärin. Sie brachte offenbar wichtige Papiere. Öfter schauten aber wohl seine Direktoren vorbei. In den letzten Jahren, seitdem es auch bei uns Telefax gibt, war er meist allein, glaube ich."

„Was trieb er so den ganzen Tag?"

„Er lag im Schatten der Palmen, schwamm, segelte mit einem Mietboot hinaus, ging abends essen. Er schonte sich. Ich glaube, er war früher lungenkrank."

Leider mußte Urban jetzt die für Capri bekannte Szene ansprechen.

„Hatte er Kontakt mit den hiesigen Homosexuellen?"

Der Maresciallo winkte ab.

„Haben wir alles durchleuchtet. Er war dort nicht weiter bekannt."

„Warum, zum Teufel", fluchte Urban, „gibt der Staatsanwalt die Leiche denn nicht frei?"

Der Arzt fragte, ob er noch gebraucht würde.

Urban verneinte. Sie stiegen aus dem Keller nach oben.

Der Arzt verließ die Gendarmerie. Urban wechselte noch ein paar Worte mit dem Maresciallo.

„Darf ich das Protokoll lesen?"

„Die Kopien gern, Colonello. Ich habe Anweisung, Sie nach Wunsch zu bedienen."

Urban bekam Einsicht in die Akten. Er ging sie von vorn nach hinten und wieder nach vorne durch. Dann saß er da, bekam einen Espresso und steckte sich eine Goldmundstück-MC an.

„Was mißfällt Ihnen?" fragte der Italiener, für den Besuche prominenter Leute eine angenehme Abwechslung bei seinem einförmigen Inseldienst darstellten.

„Ich sehe kein Motiv."

„Warum schickt man einen Experten wie Sie, nachdem schon Interpol, die Presse und wer weiß, wer noch, alles durchfilzten?"

„Ich bin nichts Besonderes", antwortete Urban.

„Sind Sie doch", behauptete der Maresciallo. „Mir erzählen Sie nichts. Sie sind einer der berühmtesten Spürhunde im NATO-Geheimdienstbereich. Fürchtet man etwa, der Tote könnte etwas mit Spionage und Verrat zu tun haben?"

„Er fabrizierte Konserven für die Streitkräfte", antwortete Urban. „Das kann ein anderer auch. Aber so ist es nun einmal. Da wird ein bekannter Industrieller, ein steinreicher Mann umgebracht, und man weiß nicht warum. Man möchte aber verdammt gerne wissen, warum er sterben mußte. — Es ist wie bei körperlichen Schmerzen, die sich nicht erklären lassen. Man geht von Arzt zu Arzt, bis endlich einer auf eine klare Ursache stößt."

„Zu Professore Dottore Colonello Roberto Urbano, so war doch Ihr Name, oder?"

„Ungefähr", Urban nickte.

Bevor er ging, hatte er noch eine Frage.

„Hat man die Touristenbewegungen auf der Insel überprüft? Es könnten drei Täter gewesen sein."

„Um diese Jahreszeit", bedauerte der Maresciallo, „strömen täglich Tausende nach Capri, nach Anacapri und zu den Grotten. Morgens um acht bringen die Ausflugsdampfer die ersten Ladungen von Neapel und Sorrent herüber."

„Wann geht das letzte Schiff zurück?"

„Spät. So um zweiundzwanzig Uhr."

„Der Arzt meint, die Tat müsse kurz vor Mitternacht ausgeführt worden sein. Blieben die Täter also bis zum Morgen? Wo hielten sie sich dann versteckt?"

„Oder sie benutzten ein privates Motorboot."

Genau das hatte Urban hören wollen.

Es ging darum, alle Vermieter von Motorbooten zu verhören, ob vor einer Woche drei oder vier Männer ein Motorboot gemietet hatten, in der Absicht, nach Capri zu fahren, und früh am Morgen zurückgekehrt waren.

„Wurden längst überprüft", versicherte der Maresciallo. „Die Kollegen auf dem Festland drüben haben sich große Mühe gegeben. Insgesamt wurden nahezu zweihundert Befragungen durchgeführt. Bei Fischern, in den Yachthäfen und bei den Bootsverleihern. Natürlich können die Täter auch aus Sizilien gekommen sein, von Elba oder von Korsika."

„Oder aus Amerika", ergänzte Urban spöttisch.

Leider mußte er dem Maresciallo recht geben. Jede Fahndung stieß an Grenzen.

Was er nach Pullach melden sollte, wußte er noch nicht. Er hatte nichts Neues gefunden.

Doch schon eine Stunde später sah alles ganz anders aus.

*

Der sizilianische, dickbäuchige Fischkutter wirkte zwischen den eleganten Yachten wie hineingezwängt.

Es war später Abend, aber nicht ganz dunkel. Hie und da herrschte auf den Yachten noch Leben. Die Segler hockten an Deck oder in den Plichten, tranken, sangen, spannen Seemannsgarn. Frauen lachten hell, Radios lärmten.

Urban zog das Heck des Kutters an der Leine heran, sprang hinüber, ging am Ruderhaus vorbei zum Niedergang der großen Kajüte, die man dort eingebaut hatte, wo früher der Thunfisch auf Eis lag. — Es stank immer noch ein wenig danach.

Er mußte an Donna denken. Sie hatte nach dem Einlaufen das Tragflügelboot nach Neapel genommen und war wohl längst schon in München gelandet.

Urban bückte sich auf der unteren Stufe, riß die Schiebetür auf, machte Licht und sah einen Mann in der Kajüte sitzen.

Der Mann blinzelte in die Helligkeit.

„Muß Sie sprechen, Dynamit."

Urban hatte den Burschen noch nie gesehen.

„Verhör an der Klotür etwa?"

„Wie sagt man so schön in Marinekreisen: Unwillkommen an Bord."

Der Mann sprach Englisch mit mindestens slawischem, wenn nicht sogar russischem Akzent. Er trug einen mausgrauen Anzug von der Stange, hatte ein plattes Gesicht mit keilförmigem Kinn und militärisch kurzgeschnittenes braunes Haar.

Wenn Russe, dann im Zweifelsfall vom KGB, überlegte Urban.

„Da Sie schon mal hier sind..." sagte er. „Bier, Wein, Whisky?"

„Darf auch Wodka sein."

„Ich ahnte es."

Urban stellte die Ginflasche hin. Einen anderen Klaren hatte er nicht an Bord.

Der Russe goß ein und trank in einem Zug.

„Alte Hunde heben nur mühsam das Bein", sagte er.

„Wie darf ich das verstehen?"

Über das Flundergesicht ging ein Zucken, das aber nicht in einem Lächeln endete.

„Russisches Sprichwort für vergebene Mühe. – Oder trifft es etwa nicht zu?"

„Nein", log Urban. „Aber was habt ihr damit zu tun? Sie dienen der UdSSR, wenn ich nicht irre. Also, was gibt's?"

„Zum Glück nichts Neues."

Der Russe goß nochmals Gin ins Glas, und trank ex.

„War der schlimmste Reinfall der KGB-Geschichte", gestand er.

Urban versuchte, die Enden zusammenzukriegen.

Wenn diese KGB-Panne lange zurücklag, dann konnte der Besuch des russischen Agenten auf dem Kutter nichts mit der Sache Wahlstadt zu tun haben. Andererseits saß der Russe lebendig vor ihm, wußte also von seiner Anwesenheit auf Capri und gewiß auch von dem Mord an Wahlstadt. –

Aber warum auch nicht. Der Fall war durch die Weltpresse gegangen.

Urban hatte an Land einen Happen zu sich genommen. Trotzdem ging er zum Freezer und holte Mortadella Toscanoweißbrot, Mistokäse und den Rest einer gegrillten Hühnerbrust heraus.

„Auch Hunger?" fragte er höflich.

„Nein, danke."

„Aber ich. Überraschungen machen mich immer hungrig."

Während Urban Nahrung zu sich nahm, fragte der Russe:

„Ist bei Wahlstadt ein Motiv sichtbar?"

„Weit und breit keines."

„Wie bei uns damals", deutete der Russe an. „Aber man macht sich Sorgen. Sonst hätte man Sie nicht hierherbeordert, Comander Urban."

„Klar."

„Wie bei uns damals. Ich garantiere Ihnen, es wird keine Lösung geben."

„Hat das mit dem größten Reinfall der KGB-Geschichte zu tun?" erkundigte Urban sich. „Hattet ihr ein ähnlich gelagertes Problem?"

Der Russe hob sein Glas.

„Guter Gin schmeckt wie ein schlechter Wodka", sagte er, trank und kniff sich dann den Pappfilter seiner Machorka zurecht.

„Ja, wir hatten einen ähnlichen Fall", nahm er den Faden auf, „nur mit geringfügig anderen Umständen. Anderer Mann, anderer Ort, andere Zeit."

„Nie davon gehört", gestand Urban.

„Lief alles unter top-secret, bis heute. Nun versprechen wir uns eine späte Klärung, indem wir

Sie, ich betone, nur Sie, Urbanski, unterrichten. In der Hoffnung auf Kooperation."

Urban konnte sich denken, wer diesen Mann schickte. Vermutlich sein alter Freund General Igor Krischnin, einer der Bosse im KGB. – Zum Teufel, woher wußten sie so schnell, daß man ihn im Mittelmeer aufgepickt und angesetzt hatte? Diesen Halunken blieb aber auch nichts verborgen.

„Mit freundlichem Gruß von Krischnin", spottete Urban.

„Ja, der General schickt mich. Sie erfahren jetzt etwas, was nie zuvor unsere Zentrale in der Moskauer Dzerzhinskystraße verlassen hat. Die Leute, die davon wissen, sind an zwei Händen abzuzählen."

Urban verdarb dem Besucher, der nicht einmal seinen Namen genannt hatte, mit Genuß den Spaß.

„Mord in Moskau an einem Prominenten. Vier Stiche in den Leib wie ein Quadrat. Mit geschliffenen Dreikantschabern."

„Für einen, der logisch denken kann", bemerkte der Russe ironisch, „ist das kein Kombinationswunder. Nur eines wissen Sie nicht, Mister Dynamit, nämlich, wer das Opfer war."

„Irgend so ein Oberfunktionär, dessen unerwartetes Ableben aufgrund von Meuchelmord man offiziell als Herzinfarkt mit Todesfolge hinstellte."

„Bei dem Namen werden Sie sich schwertun."

„Gibt mehrere."

„Zählen Sie auf."

„Ich habe nicht alle im Kopf, aber unser Computerchen hat sie sicher im Köpfchen."

„Ich will es Ihnen sagen", setzte der Russe an.

Gewohnheitsmäßig, wie alle Russen, die sich heimlich etwas zu sagen hatten, schaute der KGB-

Agent sich um, ob keiner hinter ihm stand, der zuhörte. Dann flüsterte er:

„Romanow."

„Der Minister für Rüstung und Forschung?" staunte Urban.

„Letztes Jahr im November."

„Hieß es nicht, er kam bei einem Hubschrauberabsturz ums Leben?"

„Ja, so hieß es."

„Ich sah sogar Fotos."

„Er wurde brutal abgestochen, wie ein Ochse, als er nach einer ZK-Sitzung in seiner Datscha spät abends noch Akten studierte. Wir packten die Leiche in einen alten Hubschrauber. Einer von uns brachte den Helikopter über den Wäldern der Leninberge auf Höhe, sprang mit dem Fallschirm ab, und der Hubschrauber stürzte zur Erde. Aufschlagbrand. – Die Order kam von oben. Bloß keine Gerüchte aufkommen lassen, hieß es, das können wir gerade jetzt nicht gebrauchen. – Der Verdacht, es laufe irgendeine Aktion gegen Freunde des Generalsekretärs, hätte die Reformen beeinträchtigt. – Wir suchten verzweifelt nach dem Täter. Vergebens. – Nun stehen Sie hier vor einem ähnlichen Fall. Offenbar schaukelt sich das zu einer weltweiten Operation auf. Was uns einerseits beruhigt."

„Andererseits uns nicht", gestand Urban. „Und jetzt, nachdem Sie mir das erzählt haben, noch weniger."

Er erfuhr Einzelheiten über alles, was die Russen unternommen hatten, um den Fall Romanow zu klären.

„Sie kennen die Effizienz unseres Apparates. Vier Monate lang waren Hunderte von Spitzenkräften damit befaßt. Doch Romanows Mörder entkamen. Wir fürchteten schon, man würde nie wieder etwas von ihnen hören, bis ... nun, bis vor einer Woche diese Meldung durchkam. — Wir hakten sofort ein und entdeckten beängstigende Parallelen.«

„Nur war dieses Opfer nicht sowjetischer Minister", warf Urban ein.

Daraufhin erwiderte der Russe ruhig:

„Dafür liegt der Fall in bewährten Händen. Nichts für ungut, Oberst, daß ich uneingeladen an Bord kam. Wenn es noch Fragen gibt, Sie haben die Nummer des Generals."

Er stand auf, ging kerzengerade und sicher wie einer, der nur klares Quellwasser getrunken hatte, hinauf, über Deck und am Anleger entlang in Richtung Insel.

Die Ginflasche war geleert bis auf einen Rest von einer halben Fingerbreite.

„Das muß man den Iwans lassen", murmelte Urban vor sich hin, „zum Teufel, das muß man ihnen lassen."

6.

Das Nest hieß St. Dalmas. Es lag in den französischen Seealpen unweit der italienischen Grenze. Auf 3000 Meter Höhe, am Col de Restefond, konnte man im Sommer skilaufen. Ausgenutzt wurde das von einigen reichen Verrückten.

Dazu gehörte auch Eric Casanne, Staatsbankier, Politiker und Rennläufer aus Leidenschaft.

An einem Freitagabend, als er, begleitet von seinem Sekretär und einem Leibwächter, mit der privaten Düsenmaschine nach Süden startete, sagte er:

„Wissen Sie, Emillion, in meinem Leben gab es immer faszinierende Kontraste. Armut und Reichtum, Sieg und Niederlage, Frauen, die mich haßten, und Frauen, die mich liebten. Ich war arm, und was bin ich heute?"

„Nicht mehr ganz so arm, Monsieur", antwortete Dr. Emillion, sein engster Mitarbeiter.

„Ich heiratete eine Frau aus dem Hochadel. Sie liebte mich nicht, aber ihre Familie stand vor dem Ruin, und so lernte sie notgedrungen, mich zu lieben."

„Donna è mobile", zitierte der gebildete Dr. Emillion eine Arie aus Rigoletto.

„Und nun fliegen wir zu einem kurzen Skiurlaub. Während wir oben über den Gletscher im Schnee herumtoben, blühen unten an der Küste die Mimosen."

„Und die Zitronen", ergänzte Emillion nicht ohne leisen Spott.

Er machte den Job bei diesem Emporkömmling nicht nur, weil er satt verdiente, sondern weil er den Staatsfinanzier Frankreichs als Sprungbrett betrachtete.

Wen dieser Mann als brauchbar und tüchtig erkannt hatte, dem stand der Weg zu den hohen Weihen offen.

Aber Casanne durchschaute den etwa dreißigjährigen Mitarbeiter.

„Sie sind derselbe karrieregeile Hund wie ich."

„Mit Einschränkungen, Monsieur."

„Das gefällt mir an Ihnen. Wer Karriere machen will, der darf sich auf keiner Sprosse der Leiter einen Fehler leisten. Sonst ist es aus."

„Sie sind ein Menschenkenner, Monsieur", staunte Dr. Emillion beinah glaubhaft.

„Was meinen Sie mit Einschränkungen?" fragte der milliardenschwere Bankier überraschend nach.

Der Sekretär, ein eleganter sportiver Intelligenzlertyp mit Goldrandbrille, antwortete geschickt:

„Mit der Einschränkung, Monsieur, daß Sie es in meinem Alter schon längst geschafft hatten."

„Sie meinen geldmäßig."

„Und machtmäßig, Monsieur Generaldirektor."

Dies brachte ihm einen schiefen Blick des Bankiers ein.

„Stellen Sie Ihr Licht nicht unter den Scheffel", warnte Casanne. „Ich habe Sie natürlich überprüfen lassen. Sie sind in allen Fächern summa cum laude Absolvent, Bester der ENA, der Ecole Politique Ihres Jahrgangs, armer Leute Kind und jetzt schon Millionär. Woher stammt das Vermögen? Nicht etwa weil Sie darbten oder weil Sie eisern sparten, Franc auf Franc legten, sondern weil Sie genial zu spekulieren verstanden."

„Ein wenig, Monsieur", tat Emillion bescheiden.

Der Bankier schlug seinem Sekretär kumpelhaft gegen den Oberarm.

„Gefällt mir, Doktor", sagte er, „gefällt mir, Ihre Zurückhaltung. Sie haben die Gabe, einen nie spüren zu lassen, daß man ein ziemlich ungebildeter Parvenu, im Grunde nur ein mit Schlagworten ausgestatteter, geringfügig von Kultur beleckter Proletarier ist."

„Sie würden es zu gut verstecken, Monsieur, als daß es die Wahrheit wäre."

„Sie Schmeichler!" rief Casanne. „Aber ich laß mir gerne Zucker in den Hintern blasen. Eh bien, es ist entschuldigt, denn Sie sind auch ein prima

Skifahrer. Wie haben Sie so skilaufen gelernt, Emillion?"

„Mit eiserner Energie, Monsieur", gestand Dr. Emillion.

„Um wem zu imponieren? Den Weibern?"

„Um meine Angst zu überwinden", sagte Casannas Sekretär.

Der Banker glaubte ihm nicht, aber es entsprach den Tatsachen.

Es war schon dunkel, als der Mystere-Jet in Briancon landete. Zwei klimatisierte Geländewagen warteten auf sie. Etwa eine Stunde Fahrt bis zum luxuriösen Berghaus des Bankiers lagen noch vor ihnen.

*

Am Morgen brachte sie ein Alouette-Hubschrauber in den Gipfelschnee.

Bis zum Mittag fuhren sie dreimal die sieben Kilometer lange Abfahrt hinunter. Vorneweg der Leibwächter, ein bulliger Bretone. Ihm folgte mit etwa achtzig Meter Abstand Eric Casanne, der Bankier. Den Schluß bildete Dr. Emillion.

Auf dem Kamm oben stand die Sonne. In weiten Schwüngen wedelten sie durch den Firn talwärts. An einer Stelle wurde die Piste enger, Felsen ragten empor und bildeten eine Schlucht, Eiskanal genannt. Dort war es schattig und sehr kalt. Die Temperatur fiel schlagartig um mindestens zehn Grad.

Sie rasten im D-Zug-Tempo hindurch und fingen sich am Ende der Schlucht wieder mit weiten Schwüngen ab. Nun ging es weiter auf dem Gletscher. Wegen der Risse war er nur an den

Seiten zu befahren. Bald sah man in der Ferne den Hubschrauber, der sie wieder zum Gipfel liften würde, stehen.

Als sie, Brillen und Skianzüge voll von weißem Schneestaub, bei dem Helikopter ankamen – Dr. Emillion als letzter – fragte der Bankier vorwurfsvoll:

„Wo bleiben Sie, Doktor, wieder Probleme mit der Bindung?"

Der Sekretär schob die Brille nach oben zum Rand des Sturzhelms.

„Mir war, als hätte ich drei Männer gesehen."

„Wo?"

„Hinter den Felsen, wo der Kanal aufhört."

„Spuren?"

„An dieser Stelle ist Spiegeleis."

„Ja, ich wäre fast gestürzt", sagte der Leibwächter. „Muß meine Stahlkanten nachschleifen."

„Schleifen Sie meine gleich mit", wünschte der Bankier und streifte den wattierten Blousonärmel von seiner Uhr.

„Drehen wir noch eine Runde?"

Emillion war es gleichgültig.

„Dann kommen wir zu spät zum Essen", meinte der Leibwächter.

„Das kann warten. Wann gibt es wieder einen so wunderschönen Tag, ein so märchenhaftes Bergerlebnis. Denken Sie doch an das graue Paris. Es soll regnen dort."

Der Hubschrauberpilot war für den ganzen Tag engagiert. Ihm war es auch egal.

„Haben Sie da oben Leute gesehen?" fragte der Bankier ihn.

„Nur drüben am Piz Molino auf der italienischen Seite, Monsieur Directeur."

„Gewiß haben Sie sich geirrt, Doktor."

„Kann sein, Monsieur."

„Vielleicht sind ein paar Leute in Bergnot."

„Dann hätten sie sich bemerkbar gemacht, Monsieur."

„Alors, kümmern wir uns mal darum."

Wer Eric Casanne kannte, der wußte, wie eitel er war und wie gern er sich auf der ersten Seite der großen Zeitungen sah. Vielleicht gab es Schlagzeilen: Bankier rettet Touristen aus Bergnot.

Sie stiegen ein. Der Hubschrauber startete erneut.

*

Oben auf dem quadratkilometergroßen Firnschneeplateau stand sengend die Sonne. Milliarden von Kristallen glitzerten. Das Licht war nur mit dunklen Brillen erträglich.

Drunten im schattigen Eiskanal war die Brille jedoch hinderlich. Trotzdem sah Dr. Emillion, als letzter startend, daß der Bretone fast schon hindurch war, der Bankier sich den bizarren Felsformationen am Ende der Schlucht näherte und dort mit einem Mal aus der Balance geriet, als würde ihm ein Skier festgehalten. Er grätschte weit aus, stieg wie katapultiert hoch, überschlug sich mehrmals und krachte gegen den Granit.

Im Nu waren schwarze Gestalten über ihm, wußte der Teufel, woher sie kamen. Es war, als wären sie aus dem Schnee geschnellt. Sie schlugen auf Casanne ein.

Dr. Emillion riß die Pistole aus der Blousontasche – er trug sie stets bei sich, seitdem er im

Dienst des Bankiers stand —, entsicherte und schoß.

Er feuerte über die Gruppe der schwarzen Männer hinweg. Drei-, viermal.

Der Knall der Schüsse verstärkte sich in der Schlucht wie der Ton einer Trompete. Die Männer blickten auf, sahen ihn offenbar heranrasen und ergriffen die Flucht.

Nun schoß Emillion gezielt hinter ihnen her, jedoch ohne zu treffen.

Vor die Entscheidung gestellt, den Banditen zu folgen oder sich um Casanne zu kümmern, zog er lieber die Notbremse, denn er sah Blut im Schnee.

Er warf sich herum, kantete mühsam gegen das Eis und schnallte die Head-Skier ab. Zehn Sekunden später war er bei Casanne.

Der Bankier lag mit unnatürlich verdrehten Armen und Beinen da und blutete aus dem Unterleib. Aber er war bei Bewußtsein.

Tief rechts unter dem Gürtel stak etwas Eisernes, Kantiges. Vorsichtig, dann mit einem Ruck zog Emillion es heraus. — Ein Dreikantschaber, spitz zugefeilt.

Jetzt erst konnte er die wattierte Hose des Bankiers öffnen. Er riß das Unterzeug auf, holte das Verbandpäckchen aus seiner kleinen Gürteltasche und legte, so gut es ging, einen Druckverband an, um die Blutung zu stillen. Dabei hielt er nach dem Leibwächter Ausschau.

Er sah ihn weit unten. Er stand da und schien zu warten. Emillion schoß als Notsignal das Magazin der Pistole leer.

Der Bretone kapierte jetzt, was los war. Im breiten Treppschritt stieg er auf. Das konnte ewig dauern.

Der Bankier war sehr blaß geworden und begann, wegen der Kälte und dem Blutverlust zu frieren.

„Schmerzen, Monsieur?"

„Es geht."

„Wir bringen Sie schon heraus, Monsieur."

„Merci, Emillion. Ich spürte, daß irgend etwas meinen Fuß festhielt."

Emillion entdeckte, was es war. Die schwarzen Männer mußten im Eiskanal von Fels zu Fels eine Nylonschnur gespannt haben. Sie lag ein Stück weiter oben im Schnee. Es handelte sich um ein festes weißes Seil.

Der Leibwächter keuchte schwitzend heran.

„Was ist passiert?"

„Rufen Sie den Hubschrauber."

„Schon geschehen. Was ist passiert?"

„Drei Männer."

„Ja, ich habe sie gesehen. Die holen wir nicht mehr ein."

„Sie spannten eine Stolperschnur. Hat ihn böse erwischt. Knochenbrüche noch und noch und ein Einstich."

„Merde", fluchte der Bretone erschüttert. „Wo bleibt bloß dieser verdammte Helikopter?"

Endlich hörten sie seine Turbine singen. Der Pilot kannte ihre Abfahrtroute, sah sie winken und landete.

Sie trugen Casanne hinüber.

„Drei Männer", rief der Leibwächter.

„Soll ich hinterher?" fragte der Pilot.

Dr. Emillion verneinte.

„Sofort ins Hospital. Sein Leben ist wichtiger. Aber funken Sie es an die Polizeistation in Barcelonette."

Dr. Jean Emillion, der Sekretär des Staatsbankiers, war der Held des Tages. Völlig unverdient, wie er behauptete. Er habe nur getan, was getan werden mußte.

„Nein, Sie haben die Killer verjagt", beharrte der untersuchende Polizeibeamte.

Und ihr habt sie nicht gekriegt, dachte Dr. Emillion.

Den Bankier hatte es böse erwischt. Zwei Tage lag er auf der Intensivstation. Dann flogen sie ihn nach Paris. Dort stabilisierte sich sein Zustand. Er würde durchkommen, sagten die Ärzte. Aber die Prellungen, Brüche und auch die Operation, mit der man die Stichwunde versorgt hatte, würden ihn mehrere Wochen ans Bett fesseln.

Die Tatwaffe wurde labormäßig untersucht. Man fand keine Fingerabdrücke daran und war nicht einmal in der Lage, ihre Herkunft zu bestimmen. Solche Dreikantschaber konnte man in jedem Eisenwarenladen in allen Erdteilen kaufen.

Dr. Emillion übernahm einen Teil der Geschäfte des Bankiers und erledigte, gemäß Absprache mit dem Chef, alles zu dessen Zufriedenheit.

In dieser Zeit, als er im Chefbüro der Banque de Paris saß, erhielt Emillion häufig Anrufe von Geschäfts- und Parteifreunden des Verunglückten. Unter anderem meldete sich auch der Staatschef mehrmals. Er deutete an, daß er für einen Mann wie Emillion stets Verwendung habe, falls Eric Casanne je auf ihn verzichten würde und falls Emillion Interesse daran habe, in die Politik einzusteigen. Wenn auch bei geringerer Bezahlung.

Emillion sagte, er würde es sich überlegen, und dankte für das Angebot.

Eines Tages ersuchte Madame Casanne um einen Besuch. Mit Blumen fuhr er hinaus in die Villa nach Versailles.

Die rassige Bankiersgattin, aus hohem Adel stammend und mindestens dreißig Jahre jünger als ihr Ehemann, ließ Tee und Konfekt servieren.

Dann bat sie Emillion in ihre Gemächer, angeblich um ihm etwas Wichtiges zu zeigen.

Sie verschwand kurz und zeigte ihm in der Tat etwas, nämlich ihren splitternackten Körper.

Er wußte, daß sie ein Faible für ihn hatte. Sie hatte es nie ganz unterdrücken können, und ihre Ehe mit Casanne bestand quasi nur noch auf dem Papier. Aber daß sie so deutlich zur Sache kam, das wunderte ihn einigermaßen.

„Betrachten Sie es", flüsterte sie, „als ganz persönlichen Dank für Ihren Einsatz zur Rettung meines geliebten Mannes."

Man konnte es betrachten, wie man wollte. Hier stand jetzt körperlicher Einsatz für körperlichen Einsatz. Es hätte ihn durchaus gereizt, diese sinnliche, laszive Frau aufs Bett zu werfen und zu schwängern. Aber Dr. Emillion dachte stets an seine Karriere und an das, was er im Leben noch vorhatte. Dabei war ihm eine Affaire nur hinderlich. Vielleicht würde einmal die Stunde kommen, wo diese Frau ihn unter Druck setzte.

Er nahm sich also in den Würgegriff der Vernunft, richtete die Krawatte, schloß den zweireihigen Blazer und machte eine artige Verbeugung.

„Merci, Madame", sagte er. „Sie sind zu gütig. Leider sehe ich mich nicht in der Lage, dieses großzügige Geschenk anzunehmen."

Er machte auf dem Absatz kehrt, eilte hinaus,

hinunter und aus dem Haus zu seinem Automobil.

Als er wegfuhr, bewegte sich oben der Vorhang, und ein blasses Gesicht war flüchtig zu erkennen.

7.

Im allgemeinen erhielten die Geheimdienstzentralen von gewissen Vorgängen früher Kenntnis als die Nachrichtenagenturen. In diesem Fall hörte der BND-Agent es aus dem Radio.

Es hing damit zusammen, daß Frankreich nicht zur NATO gehörte und die Kontakte des Pariser SDECE zu anderen Diensten eher locker geknüpft waren.

„Wieder ein Schabermord", äußerte Oberst Sebastian seiner Nr. 18 gegenüber. „Ist das nicht Ihr Projekt?"

„Mordversuch", stufte Urban es herunter. „Wenn es Zusammenhänge gibt, dann suchen die Täter sich ihre Opfer in Prominentenkreisen."

Noch dabei, das spärliche Material zu ordnen, erwischte ihn der nächste Hammer. Diesmal aus den USA.

Ein Mann der Abhörzentrale stürzte in die Operationsabteilung.

„Sie machen doch die Schabermorde, Urban."

„Nicht im Sinne von ausüben, bitte", erwiderte Urban. „Ich befasse mich damit."

„Das da haben wir auf FBI-Kurzwelle aufgeschnappt. Kommt aus Kalifornien. Neuer Schabermord. Wurde eben erst bekannt."

„Wurde eben erst bekannt oder eben erst

bekanntgegeben? — Das ist hier die Frage", bemerkte Urban und las den Text.

„Wer ist dieser Ralph Madison?" fragte der Mann aus der Abhörzentrale.

„Sehen Sie niemals fern?"

„Das schon. Aber meine Antenne reicht gerade bis Bayern 3."

„Mit einer Schüssel geht's besser."

„Die kostet mich ein Monatsgehalt. — Na schön, und wer ist dieser Madison?"

„Filmstar und Quizmaster."

„So was wie bei uns der Kulenkampff?"

„So erfolgreich wie zwei Kulenkämpfer, etwa halb so alt und ein Viertel so freundlich."

Später rief Urban in Washington an, genauer in Langley bei Washington, wo das CIA Hauptquartier lag.

Bei Freunden fragte er sich zu dem zuständigen Sachbearbeiter durch und gewann sofort dessen Ohr, als er erklärte, er arbeite an einem ähnlichen Fall:

„Deutscher Industrieller, getötet in Capri. Vier Stiche im Viereck. Tatwaffe: Dreikantschaber."

Der Amerikaner ließ einen Ton los wie ein trauriges Murmeltier.

„Wann war das?"

„Vor zwölf Tagen etwa."

Von Capri bis München hatte Urban vier Tage gebraucht. Nicht wegen der schlechten Verbindungen, sondern weil er den Kutter hatte zurückgeben müssen. Diese vier Tage mußte man dazuzählen.

„Madison starb am Sonntag in den Bergen in seinem Jagdhaus."

Urban rechnete.

„Und auf Eric Casanne, Großbankier aus Paris,

wurde am darauffolgenden Samstag in den Seealpen ebenfalls ein Schaberattentat verübt. Es ging allerdings daneben."

„Wann genau?"

„Vorgestern."

„Zeitlich könnte das knapp hinkommen. Heute schleudern dich Düsenjets ja schon an einem Tag um die Erde."

„Machbar ist es", räumte Urban ein. „Aber es dürfte ein ziemlich enger Fahrplan gewesen sein. Deshalb kamen sie wohl ein wenig ins Schleudern. Normalerweise unterlaufen diesen Leuten keine Pannen. Sie sind groß in Taktik und Logistik. – Übrigens, nur ganz privat: Der sowjetische Verteidigungsminister Romanow stürzte nicht mit dem Hubschrauber ab, sondern bekam vier Schaber in den Bauch."

„Und der KGB erwischt die Täter nicht?" staunte der CIA-Kollege.

„Aus diesem Grund baten sie uns um Kooperation."

„Du hast die meine", versicherte der Amerikaner.

„Und ihr habt die unsere", betonte Urban.

Er erfuhr, was noch streng unter dem Mantel der Diskretion verborgen gehalten wurde.

„Madison war nicht allein auf seiner Hütte."

„War er denn je allein?"

„Diesmal mit einer in Kalifornien als Super-Hochglanz-Lady bekannten keuschen Schönheit aus der obersten Gesellschaftsschicht."

Urban wollte es nicht so genau wissen, erfuhr aber, daß die Dame, als sie einen Tag und eine Nacht vergebens auf ihren Lover gewartet hatte, seine Leiche fand, in Panik die Flucht ergriff und die Rückreise antrat. Wieder in Beverly Hills, informierte sie anonym Polizei und FBI. Aber man kam dahinter, wer sie war.

Der Fall wurde hermetisch zugedeckt. Leider war zu viel Zeit verstrichen, um die Täter noch zu kriegen.

„Um Madisons Leiche herum sah man die Schuhabdrücke von drei oder vier Männern", tippte Urban.

„Richtig. Offenbar hielt ihn einer im Würgegriff fest, und die anderen stachen zu. Er verblutete. Tatwaffe: Dreikantschaber."

„Wie gehabt", bemerkte Urban. „Und wer ist der nächste?"

„Frag nach dem Motiv."

„Es gibt kein sichtbares. Weder bei Romanow noch bei Wahlstadt oder bei Casanne. — Wieder einer von jenen Fällen", so fürchtete Urban, „wo am Ende nur der Priester bei der Beichte erfährt, wie es wirklich war."

„Ja, unser Job ist hart."

„Du gehst unter, oder du wirst stark", antwortete Urban bitter. „Das ist sie nun, unsere schöne große weite Welt."

„Es ist der miese kleine Provinzarsch davon", beschrieb sein CIA-Kollege es. „Wir hören voneinander."

„Und grüß mir auch die FB-Eier", sagte Urban.

*

Es gab Fälle, wer die lösen wollte, der mußte sie sprengen.

Immer wieder schob Sebastian seinen Kugelbauch aus der Operationsabteilung herüber.

„Endlich etwas Brauchbares?"

„Nichts."

„Was gibt die Terroristenszene her?"

„Sie wehrt entrüstet ab. Die ist doch längst auf Maschinenpistolen und Eierhandgranaten umgestiegen. Außerdem fassen sie Schwule und Casanovas nicht an, behaupten sie."

„Bankiers vielleicht schon."

„Die erpressen sie nur."

„Und sowjetische Minister?"

„Von Romanow wissen sie nichts."

„Wozu telefonieren Sie dann pausenlos?"

Urban machte nur eine Andeutung.

„Die Mafia wäscht ebenfalls ihre Hände in Unschuld. Das gilt auch für ihre Ableger, die Cosa Nostra, die Camorra und so weiter."

„Finde ich aber ganz und gar nicht gut, das alles", brummelte der Alte. Dabei sah er aus wie ein Dackel nach einer mißglückten operativen Umwandlung zum Riesenschnauzer.

Zwischendurch meldete sich auch der Präsident.

„Wird Zeit, daß Sie durchstarten", hetzte er und hängte auf.

Leute, die immer nur kurz auf der Kommandobrücke standen, die konnten sich Unfreundlichkeiten erlauben.

Des Vizes Stimme klang eher erwartungsvoll, aber nicht weniger bestimmt.

„Und wann legen Sie richtig los?" wollte er wissen.

„Sobald ich den Telefonstecker rausgerissen habe", erklärte Urban, „und in Ruhe nachdenken kann."

Gegen Abend kamen die angeforderten Fotos

über Telefax herein. Sie zeigten die drei Opfer, jeweils nackt zwischen Hals und Oberschenkel.

Die Fotos waren mit den entsprechenden Namen beschriftet und glichen einander sehr, besonders, was die Tatmerkmale betraf. Die vier Einstiche standen in nahezu perfektem Winkel zueinander. Die Neunzig-Grad-Winkel bildeten einmal ein Quadrat, zweimal ein Rechteck, was jeweils von der Körpergröße abhing.

Mit einem jungen Juristen aus der Operationsabteilung setzte Urban sich hin, um zu analysieren.

„Reden Sie frei heraus, was Sie denken", forderte er den Hochschulabsolventen auf.

„Auch wenn es Mist ist?"

„Sogar Bockmist wird akzeptiert."

Jeder hatte ein Blatt vor sich und markierte darauf mit schwarzem Fettstift vier Punkte als Ecken des tödlichen Vierecks. Zwischen ihnen begannen sie nun Verbindungen zu ziehen, kreuz und quer.

„Ergibt vier gleichschenkelige Dreiecke."

„Nur bei dem Quadrat."

„Ob wir nur die Diagonale ziehen oder ein Kreuz bilden. Einmal werden zwei, dann vier Dreiecke daraus. Einmal mit je einem Neunzig-Grad-Winkel, einmal mit..."

„Keinem Neunzig-Grad-Winkel", ergänzte Urban.

Nun zogen sie Kreise. Außenherum und innenherum.

„Wie nennt man das?" fragte der Jurist. „Sie sind doch der Ingenieur."

„Ein geschlossener Kreis."

„Bringt auch nichts, wie mir scheint."

„Versuchen wir es, indem wir Zahlen oder Buchstaben bilden."

Zahlen in die vier Punkte einzubringen, war ebenfalls unbefriedigend. Mit Druckbuchstaben gelang es besser.

„H wie Hahaha."

„Sieht gut aus. Nur für den Mittelsteg haben wir keine Punkte. Es waren immer nur vier Einstiche und nicht sechs."

„Dann Z wie Zeppelin."

„Schon besser."

„K wie Karl."

„Ganz schlecht. E ist auch schlecht. F kann man vergessen, das D mißfällt mir."

Sie gingen alle Buchstaben durch.

„Mit U klappt es einigermaßen, wenn man es unten nicht abrundet."

„Am besten funktioniert's mit N", meinte Urban. „Mit Z oder mit N."

„Falls die ganze Buchstabendeuterei nicht völligerk Schwachsinn ist."

„Was bedeuten dann die vier Stiche?" gab Urban zu bedenken.

„Viermal ist besser als einmal", meinte der Jurist, „das bedeuten sie."

„Aber einmal hätte genügt. Der Herzstich ist tödlich. Die anderen weniger. Brachten sie die anderen etwa nur zur Zierde an?"

„Oder der Symmetrie wegen", makaberte der Jurist.

An diesem Abend gaben sie es auf.

Zu Hause in seinem Schwabinger Penthouse hielt Urban Drink- und Relaxtime.

Er legte Platten auf, sah dazu TV, aber ohne Ton. In dieser Kombination war Fernsehen am ehesten noch zu ertragen.

Spät klingelte das Telefon.

Der neue Assistent, der Jurist, meldete sich.

„Sah eben einen Film vom Südpol. Was halten Sie von N wie Nordpol?"

„Und ich sehe einen alten Film. Napoleon ist an allem schuld. Was halten Sie von N wie Napoleon?" fragte Urban.

„Auch eher weniger."

„Klar, Napoleon ist tot."

„Der Nordpol existiert noch. Und Napoleon hat keine Feinde mehr. Nur noch glühende Verehrer."

„Aber", spann Urban den Faden weiter, „er starb damals durch eine Übermacht von Feinden. Und die Verehrer eines Idols hassen die Feinde ihres Idols."

„Aber nicht hundertsiebzig Jahre lang."

„Gut gekühlter Haß, der weiß was sich gehört."

Der junge Jurist, noch mit einem Rest Uni-Slang behaftet, zählte auf:

„Wer waren Napoleons Feinde? Ist zwar alles Quatsch, aber ich meine, rein theoretisch. – Da war Fouché, der Treulose, der stets sagte, er würde den Kaiser jeden Tag mindestens einmal verraten. Dann Metternich, der Geschniegelte, Blücher und Wellington, die Rabauken, die ihm bei Waterloo den Rest gaben."

„In Koalition mit dem russischen Zaren Alexander dem Ersten", ergänzte Urban.

„Ferner soll der britische Gouverneur auf Sankt

Helena der großen Schmalzlocke Strichnin in die Suppe gerührt haben."

„Die Engländer ließen sein Linienschiff nicht nach Boston einlaufen."

„Im Einvernehmen mit dem damaligen Präsidenten der USA."

„Wie hieß er doch?"

„Washington etwa?"

„Der kam früher oder später."

„Dann war es vielleicht Monroe, der diese wundervolle Doktrin erfand, die Klausel zum Schutz gegen Europas Kultur. Amerika den Amerikanern. Er ließ Napoleon nicht an Land. Ja, Monroe wird es gewesen sein. Glauben Sie, daß Marilyn mit ihm verwandt war?"

„Schlafen Sie gut", wünschte Urban.

Er mixte sich noch einen Tausend-zu-eins, hörte Südamerikanisches, was ihn stets vom Denken abreagierte, kam aber nicht vom Thema los.

Plötzlich überfiel es ihn siedendheiß.

Der Koalition im Freiheitskrieg gegen Napoleon gehörte Zar Alexander der Erste an. Alexander war ein Romanow. Und der mit vier Stichen getötete sowjetische Verteidigungsminister hieß ebenfalls Romanow.

Zufall oder eine heiße Spur?

Urban leerte sein Glas, stellte die Musik, ab, ging hinauf, legte sich auf sein Schmied-von-Kochel-Himmelbett und löschte das Licht, um im Schlaf sein Gehirn daran arbeiten zu lassen. Zum Glück besaß er eines von diesen entarteten Dingern, die weiterarbeiteten wie ein Computer, den man abzustellen vergessen hatte.

8.

Lord Ballister Lowe war so uralt, daß es nichts auf Erden gab, das seine Gewohnheiten noch geändert hätte.

Nur der Tod hätte ihn daran gehindert, den Scotch nicht im Club einzunehmen. Sein Kammerdiener kleidete ihn Punkt 17.15 Uhr, wie jeden Tag, klubmäßig an. Mit grauer Hose, cremefarbenen Hemd und Eton-Krawatte. Um in die Handmade-Slipper zu gelangen, mußte der alte Herr sich hinsetzen. – Dann ließ er noch sein goldenes Zigarettenetui mit Navy-Cuts füllen und das goldene Feuerzeug, ein Geschenk Ihrer Majestät der Königin, auf Funktion überprüfen.

„Taschentuch, Jerome?"
„Innentasche Blazer, Sir."
„Mantel?"
„Es ist warm draußen, Sir."
„Wen treffe ich heute?"
„Laut Terminkalender den Ex-Premier, dann General Bridgewater von den Siebten Schottland Füsilieren und Lord Spinaker."
„Und wieder keine Weiber", jammerte der Lord mit Zitterstimme.
„Die sind in Ihrem Club leider verboten, Sir."
„Schade. Was für ein übles Reglement."
„Sie stimmten dafür, vor fünfzig Jahren, Sir."
Es war stets die gleiche Prozedur.
„Rufen Sie den Rolls", sagte Ballister Lowe.

Er war weit über achtzig und freute sich noch seines Lebens. Der Magen war in Ordnung, auch der Blutdruck. Mitunter hatte er Gichtanfälle, aber die gingen vorüber. Manchmal begehrte er sogar noch Frauen. Besonders magere Rothaarige. Dann ließ er sich von einer Model-Agentur eine Auswahl in sein Stadtpalais schicken. Aber das kam immer seltener vor.

Nur eines durfte er nicht vergessen, nämlich alle zwei Stunden aufs Töpfchen zu gehen.

Er verschwand im WC und kam nach einer gemessenen Weile wieder.

„Der Rolls ist vorgefahren, Sir", meldete Jerome.

Frohen Muts verließ der Lord sein Stadtpalais am Kensington Park. Er hoffte, noch viele Jahre zu leben. Zum Glück wußte er nicht, daß seinem Dasein auf Erden nur noch kurze Zeit beschieden war.

Sie entsprach einer Verweildauer von weniger als vier Stunden.

*

Lord Ballister Lowe hatte keinerlei Grund zur Aufregung oder Empörung. Sein Tisch im Club war reserviert, der Fisch als obligatorische Vorspeise und der Hammelrücken als Hauptgang konnten nicht besser sein. Der Wein stimmte rundum, die Gespräche mit seinen Freunden regten ihn an. − Die Gefahr eines Herz- oder Hirnschlags bestand also nicht im geringsten.

Ein wenig zittriger als gewöhnlich, vielleicht wegen des genossenen Alkohols in Verbindung mit den Zigaretten, brach er auf.

Beim Clubsekretär quittierte er die Rechnung. Sie wurde ihm monatlich zugeschickt. Dann winkte er einem der Clubdiener.

„Wie ist es draußen, James?"

„Es regnet, Sir."

„Dann rufen Sie bei mir zu Hause an. Der Rolls soll kommen."

Wegen der Unmöglichkeit, zu welcher Jahres- und Tageszeit auch immer, an der Prince Albert Road zu parken, schickte der Lord den Wagen stets wieder nach Hause.

In angenehmen Nächten spazierte er gern durch den Regents Park. Aber heute regnete es.

Lowe nahm noch einen Scotch an der Bar im Rauchzimmer. Der Clubdiener tauchte auf.

„Der Wagen ist in sieben Minuten da, Sir."

Gewöhnlich fuhr man von Kensington Garden über Bayswater Road und Edward Road zum Club nicht länger als sechs Minuten. Sein Chauffeur rechnete aber gern eine Minute als Sicherheitsreserve dazu.

Lord Ballister Lowe winkte seinen Whist spielenden Freunden zu, schlenderte langsam durch die Halle und genoß wie stets diese Merry-old-England-Atmosphäre. Er ahnte nicht, daß er seinen geliebten Club das letzte Mal verlassen würde.

Der Clubdiener kam mit dem Regenschirm, um das Gründungsmitglied Lord Ballister bis zur Straße zu geleiten. Der Lord drückte ihm einen Schein in die Hand.

„Das ist unnötig, James."

„Ich bin George, Sir."

„Wie gesagt, es ist unnötig, George", sagte der Lord. „Ich warte unter dem Baldachin. Wenn mein Wagen kommt, nun, die paar Schritte im Regen schaden einem alten Weidmann nicht. Außerdem soll Regen schön machen."

Der Diener öffnete den linken Flügel der messinggerahmten Glastür. Der Lord trat ins Freie.

Regen prasselte auf den Baldachin, der zwischen den Buchsbaumhecken bis zum Gehsteig führte.

Soweit Lowe die Straße überblickte, war sie leer. Nur von Primerose Hill kamen ein paar Gentlemen unter Regenschirmen.

Plötzlich vernahm Lowe ein Geräusch in den Büschen. Gewiß eine Katze. – Nein, es war keine Katze, sondern ein Schatten, eine geduckte Gestalt, ein Mann in dunklem Trenchcoat und Hut.

Der Mann sprang Lord Ballister von hinten an. Er umfaßte mit der Ellbogenbeuge seinen Hals und drückte ihn zusammen, daß es Lowe unmöglich war, einen Hilfeschrei von sich zu geben.

Vor ihm stand jetzt ein zweiter Mann und dann ein dritter. Sie hatten etwas Längliches in den Händen. Die scharfen Kanten blitzten wie frisch geschliffener Stahl.

Ballister Lowe stieß mit dem Fuß gegen sie, aber sie stachen unerbittlich zu. Sie stießen in seinen Unterleib, rechts, links, und dann in seine Brust, erst rechts, dann dort, wo das Herz saß.

Lord Ballister spürte die flammenden Schmerzen, als würden die Messer glühen. Doch mit dem vierten Stich schwand auch der Schmerz. Ohnmacht umfing ihn, tiefes Schwarz, und ließ ihn nicht mehr los. Sie geleitete ihn lautlos in den Tod.

Als der Rolls-Royce vorfuhr, lag Lord Ballister Lowe, General der königlichen Artillerie, Träger des Adlerordens und des Großkreuzes in Gold, tot im Rinnstein.

Das Wasser floß in den Gully und war gerötet von seinem Blut.

9.

Am Morgen wußte der BND-Agent Nr. 18, Robert Urban, wie es weiterging.

Er scheuchte die Computerleute ins Pullacher Archiv und ließ sie nach gefährdeten Personen suchen.

„Gefährdet sind", erläuterte er, „die Nachkommen der Nachkommen der Exfeinde des Exkaisers Napoleon Bonaparte."

Der Computer wurde programmiert, bekam die nötigen Speichertrommeln aufgesetzt und begann nun zu sortieren.

Bald warf er Namen aus. Namen von Personen, nach denen nun mit Hilfe anderer Programme unter Zusammenschaltung mit Systemen bei der NATO in Brüssel und Interpol in Paris weitergesucht wurde.

Eine der gefundenen Personen lebte nur wenige hundert Kilometer entfernt. Der Mann hieß Havlicek, war Österreicher, reich, Playboy und um ein Dutzend Ecken mit Fürst Metternich verwandt.

Wahrscheinlich betrug die Blutsverdünnung eins zu einer Million, aber sie fanden in der Eile keinen anderen.

Urban rief Havlicek in Wien an. Er faßte sich kurz und versuchte, den Metternich-Nachkömmling zu schockieren.

„I denk", reagierte der Wiener, „Sie träumen."

„Einer Ihrer Urahnen war Fürst Metternich. Ist das richtig?" erwähnte Urban.

„Ja, aber dös is schon so lang her, daß mir's kaaner mehr glaubt."

„Wir verfolgen eine Reihe rätselhafter Mordanschläge im Zusammenhang mit den Nachkommen von Männern, die einst Napoleons Gegner waren."

„Und wer, bitte, san Sie, bittschön, mein Herr?"

„Deutscher Bundesnachrichtendienst in Zusammenarbeit mit Interpol, FBI, Sûreté und KGB, wenn Sie so wollen."

„I", antwortete der Wiener, „will gor nix. Laßt mer mei Ruh. Vom Metternich seinem Stamm gibt's a no andere."

„Die leben aber im Ausland."

„Is Österreich ka Ausland, bittschön?"

„Und Sie sind am bekanntesten", blieb Urban hartnäckig. „Rennfahrer, Großwildjäger, Bergsteiger, Drachenflieger, Liebling der Damen, Liebling der High-life-Gesellschaft und somit auch der Klatschpresse. Und ein Ur-ur-Enkel, Neffe, Großneffe oder so von Metternich."

„Bloß glaubt mer dös kaaner", äußerte Havlicek fast traurig.

„Möglicherweise, weil Sie es zu oft erwähnen. Nun, das ist ein Teil der Ursachen, weshalb Sie in Gefahr schweben."

„I mog die Gefahr", entgegnete der Mann in Wien. „Gehn S', lassen S' mi in Frieden. A Terroranschlag auf mi, na wär dös net wos?"

Urban gab ihm seine Nummer, aber Havlicek hörte wohl nur halb hin und legte lachend auf.

„Wenn das keine Abfuhr war", sagte der Operationschef, der alles mitgehört hatte.

„In Wien tanzen sie eben Walzer", kommentierte Urban.

„Ein so feiner alter Knabe", beendete der MI-5-Kollege aus London seinen Anruf nach München.

Urban war noch nicht zufrieden mit dem, was er gehört hatte. Er faßte noch einmal nach.

„Und man ist sicher, daß es Lord Ballister Lowe ist?"

„Bekannt als Sir Ballister. Er stammt aus der Hauptlinie jenes berühmten Sir Hudson Lowe, Gouverneur der Insel Sankt Helena zu jener Zeit, als wir Napoleon dorthin in die Verbannung schickten."

Urban, der sich inzwischen einiges Wissen angelesen hatte, fragte:

„Lebten die beiden nicht in ständigem Streit?"

„Nun, das wird so kolportiert. Aber glauben Sie etwa das Gerücht, Gouverneur Lowe habe Napoleon Strichnin ins Essen mischen lassen?"

„Immerhin fand man Strichnin in Haaren und Fingernägeln", bemerkte Urban. „Anhand neuester kriminologischer Untersuchungen läßt sich sogar die Zeit der Giftaufnahme ermitteln."

„Das ist richtig", bestätigte der Londoner Geheimdienstkollege. „Bitte aber nicht zu vergessen, Napoleon war Epileptiker und bekam von seinem Leibarzt ständig starke Medikamente als Vorbeugung gegen Anfälle. Besonders im Krieg nahm Napoleon starke Dosen davon, um nicht plötzlich auf dem Schlachtfeld auf sein Hölzchen beißen zu müssen. Und Napoleon war praktisch immer im Krieg."

Die damaligen medizinischen Präparate beruhten in der Tat häufig auf Strichninbasis. – Urban verfolgte diesen Einwand also nicht mehr weiter.

„Hatte Ballister Lowe Feinde?"

„Nur auf den Schlachtfeldern des Zweiten Weltkrieges."

„Gibt es irgendein Motiv?"

„Abgesehen von Ihrer Rache-an-Napoleons-Schicksal-Theorie, fanden wir keines. Wir — das sind in diesem Fall die Inlandsabwehr und Scotland Yard."

„Täterspuren?"

„Es regnete, ein heftiger Wind wehte vom Park her. Die Straßen am Tatort waren so gut wie leergefegt."

Urban begann aufzuzählen.

„Ein Romanow, ein Lowe."

„Vergessen Sie Madison nicht", erinnerte der Engländer. „Er gilt als Nachkomme des US-Präsidenten Madison."

„War nicht Monroe Präsident, als man Napoleon das Asyl verweigerte?"

„Monroe kam erst drei oder vier Jahre später. Wir ließen das von unserem Historiker feststellen, weil England damals nicht ganz unbeteiligt war."

Das hörte Urban zum ersten Mal.

„Bei dem Bankier Casanne ließ sich keine Verbindung mit irgendwelchen Napoleongegnern herstellen", bedauerte Urban beinahe.

„Dann", meinte der Brite, „gibt es nur zwei Möglichkeiten: Entweder der Anschlag wurde von einer anderen Tätergruppe ausgeführt, oder die Pariser Kollegen konnten seine Verwandtschaft etwa mit Fouché nur noch nicht herausfinden."

„Wir sind hier Tag und Nacht bemüht", versicherte Urban.

„So ist es überall, auch in Washington und bei uns."

„Wir bleiben in Kontakt", hoffte Urban.

Dann rief er noch einmal in Wien an.

Dort bekam er nur Havliceks Darling an den Apparat.

„Der Charly is im Salzburgischen", flötete sie. „Konn i ihm wos ausrichten?"

„Wir sind jetzt sicher, daß er auf der Liste steht", bat Urban zu übermitteln. „Er soll auf Verfolger achten, auf Vorgänge, die ihm ungewöhnlich erscheinen."

„I sog's ihm", versprach die Wienerin, und weil sie offenbar fürchtete, nicht verstanden worden zu sein, ergänzte sie auf hochdeutsch: „Ich übermittle es Herrn Havlicek."

*

Urban trieb seine Mannschaft an.

„Ich brauche alles über Napoleon, alles was nicht in den Büchern steht."

„Also Weibergeschichten, Geschlechtsleben, Stuhlgang."

„Auch Fanclubs", ergänzte Urban, „und das Gegenteil davon."

„Zum Beispiel?"

„Feinde, Hasser, Verleumder, üble Nachreder ebenso wie glühende Verehrer, Leute, die ihn anbeteten, liebten und immer noch lieben."

Urban war sich klar darüber, daß es so nicht mehr weitergehen konnte, als ein Zwischenergebnis hereinkam.

„Mit diesem Toten auf Capri, Alfons Wahlstadt, sind wir jetzt durch."

Vor Urban lag der Computerausdruck eines Stammbaums. Nach oben hin verzweigte er sich zu einer vielästigen Krone.

Eines der Enden trug den Namen Alfons Wahlstadt. — Ganz unten am Stamm stand:

Blücher, Gebhard Leberecht von, Fürst von Wahlstadt, Preußischer Generalfeldmarschall."

Ziemlich baff blickte Urban seinen Experten an.

„Der Sieger der Völkerschlacht bei Leipzig und Waterloo. Klar doch, warum nicht gleich."

„Blücher gehörte nicht gerade zum Freundeskreis um Napoleon, oder?"

„Er bewunderte Napoleon als Soldaten, was aber nicht heißt, daß er ihn nicht gerne besiegte. Vielleicht gerade deshalb."

Ein neuer Stein war damit ins Mosaik gefallen.

Durch den Mord an dem Industriellen Wahlstadt hatten die Killertypen also eine weitere Position von ihrer Racheliste abgehakt. — Aber wer stand als nächster auf der Liste?

Nach Urbans Gefühl war Charly Havlicek an der Reihe. Der aber lehnte jede Hilfe ab. — Und man wollte sie ihm nicht aufdrängen.

Urban dachte daran, Havlicek suchen und beschatten zu lassen. Vielleicht gingen ihnen dabei die Dreikantschaber-Leute in die Falle. Oder wenigstens einer von ihnen. Dafür hätten sie aber auf deutschem Boden operieren müssen.

Nun gut, er konnte die Kollegen in Wien oder Salzburg um Amtshilfe bitten. Was aber, wenn Havlicek nicht mitspielte? Er würde sich jeder Umarmung rasch entziehen.

Urban ließ nach weiteren gefährdeten Personen suchen, ließ alle Napoleon-Gegner aussortieren, auch die unbedeutendsten. Dann fuhr er nach Schwabing, trank in seiner Lieblingsbar einen Dreifachen, fuhr in seine Wohnung und kam nicht zur Ruhe.

Zu ganz gewöhnlicher Stunde, kurz nach 18.00 Uhr, läutete sein Telefon.

„Der Tscharlie Havlicek wär es", meldete sich ein Mann mit Wiener Schmäh. „I hob's Gfühl, i werd beschattet."

„Na bitte."

„Wos haaßt na bitte. I bin a geiler Foahrer mit an Porsche-Turbo. Mi käscht so schnell koaner. Aba de Sauhund san immer hintendro. Wos soll i mochen?"

„Wo sind Sie jetzt, Havlicek?"

„In an Nest zwischen Wolfgangsee und Anif."

„Gibt zwei Möglichkeiten", sagte Urban. „Gehen Sie zur Polizei. Ich spreche mit dem Innenminister in Wien. Man soll Sie unter Personenschutz stellen."

„No, und wos dann?"

„Vielleicht gehen uns die Leute in die Falle."

„So wos verlangen se von an Wiener Schandi? – A großdeutscher Wachhund war ma do lieber."

„Möglichkeit Nummer zwei", schlug Urban vor. „Sie kommen herüber zu uns. Schaffen Sie das?"

„Nur unter totaler Mißachtung der Verkehrsregeln", scherzte Havlicek.

„Wann und wo überschreiten Sie die Grenze nach Bayern?"

„Wo's eben geht."

„Melden Sie sich", sagte Urban. „Wir warten und arrangieren etwas."

„Bis in aner Stund", sagte Havlicek, deutlich erleichtert.

Dem Playboy schlug das Herz offenbar tief in der Hose.

Der Metternich-Nachkomme Charles Havlicek überquerte die österreichisch-deutsche Grenze bei Hallein auf einer Nebenstraße. Er fuhr Richtung Berchtesgaden weiter und meldete sich dort unter Urbans Nummer.

Urban nannte ihm einen Treffpunkt.

„Da sind Sie sicher."

Dann rief Urban bei der Grenzstation an.

Dort waren seit dem roten Porsche aus Wien nur zwei Fahrzeuge durchgekommen. Ein LKW mit Langholz und ein Bus.

Aber die Killer konnten im Bus gesessen haben.

Urban fuhr los, um diesen Havlicek zu treffen. Er trieb seinen BMW, das alte Eisen, mit 200 auf der Autobahn nach Osten. Der Ofen mußte eine Stunde glühen, dann war er da.

Das Haus lag einsam auf einer bewaldeten Anhöhe.

„San Sie der Spion aus München?" fragte Havlicek. „Gestatten, daß i mi vorstelle. Charly Havlicek-Metternich."

„Ohne von und zu?"

„Adelstitel san verboten im Staate Österreich." Havlicek schaute sich um. „Is dös das Domizil vom Förster im Silberwold?"

„Geeignet für Überfälle jeder Art sowie ihre Abwehr", erklärte Urban und begann, den Porsche zu durchsuchen. Innen, außen, oben unten, unter der Motorhaube unter dem Kofferdeckel. Vorn leuchtete er sogar in den Tankstutzen hinein.

„Wos suchen S' denn? Vielleicht Wanzen?"

Als Urban die hintere Stoßstange von unten absuchte, stieß er auf eine Erhöhung, die weder von einer Schraube stammte, noch Dreck war. Er hebelte das Ding mit der Messerklinge ab und zeigte es Havlicek.

„Ein Minisender, leicht ortbar. Ein bißchen Mikroelektronik, aber tödlich."

„Wos bedeutet des?"

„Sie wissen, wo Sie sind, und werden kommen."

„Wann?"

„Die fackeln nicht lange. Heute nacht vielleicht schon. — Sie fahren, bis es dunkel wird, noch eine Stunde spazieren, Havlicek, nicht zu langsam, nicht zu schnell, dann kommen Sie wieder her. Inzwischen sind meine Fänger zur Stelle."

„Die bayrischen Bluthunde?"

„Wenn man Sie als Opfer ausgewählt hat, Charly", erklärte Urban, „und es überleben, haben Sie damit quasi die amtliche Bestätigung, daß Sie ein echter Metternich-Nachkomme sind."

„Dos gibt dann a Dutzend Schadenersatzprozesse wegen der Behauptung, i sei a Hochstapler", freute Havlicek sich. „Und ganz vorn dran stehn a por fettorschige Kleinodelige." — Zweifelsfalls meinte er nicht *Odel* sondern Adel.

„Sie tun das, was ich sage." Urban nahm den Playboy streng ins Gebet, denn nichts war zuverlässiger als der Übergang der Dämmerung in die Nacht.

Urbans Kommandos überwachten die Straßen, die von Grassau, die von Übersee und die von Marquartstein herüber kamen. Überall standen Posten mit schnellen Wagen, bewaffnet und mit Sprechfunk ausgerüstet.

Doch bis Mitternacht ereignete sich nichts.

Bei Havlicek begann sich die Furcht zu legen. Er konnte schon wieder lästern.

„Gehamdienste", sagte er, „ham an systemimmanenten Dachschoden."

„Was wir hier machen", erwiderte Urban, „ist eher eine Samariteraktion."

„A Art Grienpies-Einsatz zum Schutze der Natur und der Naturburschen."

„Nichts gegen Greenpeace", bat Urban.

„Mir hot an Experte, der's wissen muß, erklärt, daß dös Wirken von Grienpies ungehaier wichtig ist. Es wird das Ende der Wölt hinauszögern. Und zwor um zwa bis drei Toge."

Sie tranken Kaffee, um munter zu bleiben.

Wegen des Rauschens im Sprechfunk schaltete Havlicek das Radio an. Urban schaltete es aus.

Plötzlich eine Durchsage.

„Sie sind da. Wie der Fliegende Holländer ... weiß der Teufel ..."

„Herankommen lassen", wiederholte Urban seine Anweisung. „Dann auf sie. Aber Achtung, sie sind bewaffnet."

Zur Sicherheit trug das Landpolizeikommando schußsichere Westen und Helme.

Urban trat auf die Terrasse. Per Schalterdruck würde er den ganzen Garten bis zum Waldrand in taghelles Licht tauchen können, das jeden Angreifer blendete, seine mit Schutzbrillen ausgerüsteten Männer aber in Vorteil brachte.

Er wartete nur noch auf das Stichwort.

Nichts rührte sich. Totale Stille. Kein Knacken im Gebüsch, kein Nachtvogel schwirrte durchs Geäst.

„Es sind drei", kam leise durch.

Und wenig später:

„Sie verschwinden im Wald."

Und wieder eine Minute später:

„Jetzt Licht!"

Urban schaltete ein.

Zehntausend Watt erhellten Haus, Terrasse und Vorgelände. Doch nichts war zu sehen. Mehrere Schüsse fielen, dann der Ruf „Halt stehenbleiben!"

Bewegung im Unterholz. Flüche. Alles wartete nervös. Ein Teil des Polizeikommandos stand in geschlossenem Ring um das Haus.

„Scheiße, die sind weg."

„Gibt's doch nicht."

„Funkstille!" befahl Urban und lauschte angestrengt ins Dunkel jenseits des Waldrandes.

Das Objekt, das getötet werden sollte, stand neben ihm und feixte.

„Eine Falle, daß i net loch."

„Diese Hundesöhne."

„Schimpfen hilft gor nix."

Urban glaubte einen Anlasser schnurren zu hören, in Nordrichtung, also auf die Autobahn zu.

Wenn sie in den Wäldern durchkamen, dann war alles umsonst gewesen. Und alles fing wieder von vorne an.

Der Motor sprang an und tourte hoch. Der Wagen schien sich in Bewegung zu setzen. Doch mit einemmal ein harter Knall. Erst scheppernd, dann wie dumpfer Donner. Mit dem Knall blitzte etwas von fern durch die Bäume, oder war es über den Bäumen?

Eine Feuerkugel blähte sich über den Wipfeln auf. Erst war sie weiß, dann wurde sie orange und, ehe sie zusammenfiel, dunkelrot.

Immerhin diente sie als genaue Orientierung.

Als sie hinkamen, verglühte im Wald das Wrack eines Blazer, eines amerikanischen Geländewagens.

Zu retten gab es nichts mehr.

Am Morgen, als es hell wurde, holte die Mordkommission die Körper von drei nahezu völlig verkohlten Männern heraus.

„Drei?" fragte Urban mitleidlos. „Waren es nicht vier? Es waren immer vier."

„Sie san a verdammt cooler Hundling", sagte Havlicek.

Die Explosion des Blazer konnte auf zwei Ursachen zurückzuführen sein. Auf eine Sprengladung, die mit der Zündung gekoppelt war, oder auf Beschuß mit einer Bazooka, einer Panzerfaust.

So gesehen ließ sich das nicht gleich ermitteln. Ebensowenig gab es eine Antwort auf die Frage, wer außer der Polizei Interesse daran hatte, das Killerkommando auszuschalten.

Der vierte Mann etwa? War er der Auftraggeber? Wollte er Zeugen beseitigen? Bedeutete seine Maßnahme etwa, daß der Rachefeldzug beendet war? Oder begann er an einer anderen Front aufs neue und noch brutaler?

10.

Zu dieser Reise nach Flandern zwangen Robert Urban weniger eigene Ermittlungen als ein Tip aus Moskau.

Sein Mitstreiter an der Friedensfront, der KGB-General Igor Krischnin, seit dem Abfall der DDR merkwürdig zugeknöpfter als in den Jahren des kalten Krieges, hatte ihn angerufen.

„Freundschaft", höhnte Igor, der Kirgise.

„Jetzt und immerdar", gab Urban noch einen drauf.

„Aber wenigstens bis übermorgen", kommentierte der General. „Hör zu, Urbanski, Dynamitsky! Es stinkt im Karton. Unser verdienter Historiker, Held der Sowjetunion, Professor Schiminew, der Name spielt keine Rolle, hat etwas ausgegraben. Die Geschichte taugt für einen prämienverdächtigen Film, Breitwand, Stereoton und Color natürlich."

„Erzähl sie mir lieber in Schwarzweiß", bat Urban.

„Also", setzte Krischnin an, schien aber erst einen Schluck zu nehmen und an seiner Fidel-Castro zu ziehen. „Also, da gab es vor hundertsiebzig Jahren in New Orleans Louisiana USA einen Mann, der sammelte Groschen für die Napoleonbefreiung. Die Operation litt wohl an taktischen Schwächen und kam nicht zustande. Aber die Moneten floaten seitdem frei im Raume."

„Gut erfunden", antwortete Urban.

„Mag sein, mag nicht sein. Das ist hier die Frage, frei nach Tolstoijewskiwitsch. Der einzig Überlebende war ein emigrierter Graf oder Fürst oder Schatzkanzler des großen Korsen und nannte sich Nicholas de St. Cruix."

„Heiliges Kreuz", übersetzte Urban. „Na schön. Und?"

„Es soll da noch Erben geben."

„Jeder Mann, der nicht impotent ist, hat irgendwo Erben hinterlassen."

„In Französisch-Flandern."

„Und du glaubst, der Rachegedanke lebt heute noch?"

„Geld ist ein fabelhafter Racheantrieb, Gospodin."

„Du sollst verzeihen, steht schon in der Bibel, siebenmal siebzigmal."

„Macht vierhundertneunzig", rechnete der General. „Aber wie war das genau, hast du verziehen, darfst du später wieder hassen?"

„Bin ich Priester?"

„Frag den Bibelübersetzer", schlug Krischnin vor.

„Luther ist tot."

„Dann beweg deinen Arsch nach Flandern, Gospodin", riet der Russe.

Deshalb stand Urban an diesem frischfrommen Morgen unter wolkenbedecktem Himmel vor dem Schloß am Kanal nahe der belgisch-französischen Grenze.

Er begehrte Einlaß und erhielt ihn, weil er sich angemeldet hatte, durch gräfliche Gnaden.

*

Die ganze St.-Cruix-Sippe war, bis auf dieses dreißigjährige laszive Frauenzimmer, ausgestorben.

Sie war so schön wie arrogant und rotzig. Immer nach dem Motto: Wer bist du, und wer bin ich.

Sie trug ein Kleid in Zitronenfaltergelb, das tief ausgeschnitten war. Lässig zurückgelehnt saß sie im Sofa am Kamin, die Arme auf den Polstern, die Beine übereinandergeschlagen. Rock über dem Knie, die Beine nackt und gebräunt, alles auf attraktiv getrimmt.

Offenbar sollte er die Audienz in aufrechter Haltung überstehen. Das ging über Urbans Kräfte und über seine Höflichkeit. Er setzte sich.

„Dazu habe ich Sie nicht aufgefordert", sagte die de St.-Cruix-Gräfin, oder was immer sie war.

„Hoheit", antwortete Urban höflich, „ich stamme von Giacomo Girolamo Casanova ab. Und wer sind Sie, bitte? Wer kennt heute noch die St. Cruix?"

„Sie sind ein impertinenter Bastard", fuhr sie ihn an. „Ich lasse Sie hinauswerfen."

„Aber erst, Gnädigste", bat er, „wenn wir miteinander geredet haben. − Zur Sache: Was, Gräfin, haben Sie mit den Morden an Napoleons Todfeinden zu tun?"

Offenbar hatte sie ein Gespür für Drohungen und Gefahr.

Ostentativ betrachtet sie ihre brillantbesetzte Cartier-Uhr.

„Drei Minuten, eh bien?"

„Zehn", erbat er sich.

„Fünf", signalisierte sie mit erhobener Hand.

Aus den fünf Minuten wurden fünfzig.

Urban bekam sogar Tee serviert und winzige Kuchenperversitäten, nebst dem, was die Gräfin sich zurechtgelegt hatte.

Aber vorher mußte er hart darum kämpfen.

„Wer sind Sie überhaupt?" begann sie hochnäsig.

„Ich erzähle Ihnen gerne meinen Lebenslauf, Madame, wenn das von den fünf Minuten nicht abgeht."

„Ersparen wir uns das. Stellen Sie Ihre Fragen."

Zunächst berichtete Urban, daß ein östlicher Geheimdienst ihnen geraten habe, bei der Familie des anno 1845 verstorbenen Grafen Nicholas de St. Cruix nach Spuren der Tatmotive zu forschen.

„Um welche Taten handelt es sich?" fragte das Puppengesicht erstaunlich reaktionsschnell.

„Mord. Vierfachen, soweit wir das überblicken. Dazu kommen noch mehrere Mordversuche."

Sofort schnappte die langsam sich öffnende Muschel zu.

„Kapitalverbrechen also. Dann sage ich kein Wort mehr ohne meinen Anwalt."

Am Ende der dritten Minute stand Urban auf, schloß den Sakkoknopf und reckte sein Kinn nach vorn.

„Madame, dann lasse ich Sie durch die Kripo vorladen. Wir sehen uns in Ypern wieder. Au revoir!"

Nach einem gnädigen Wink, den er nicht beachtete, rief sie:

„Einen Moment noch, bitte. Ist die Sache wirklich dringend?"

„Ich hätte mir die Reise nach Hinterflandern gern erspart, Madame, angesichts des Zeitdrucks, unter dem wir alle stehen. Der nächste Mordanschlag kann morgen stattfinden oder soeben stattgefunden haben."

Von den toten Killern im Blazer bei Marquartstein erwähnte er nichts.

Die fünf Minuten waren längst um, als sie zögernd begann, Familiengeheimnisse preiszugeben.

„Die Geschichte", setzte sie an, „hat zwei Seiten. Wie eine Medaille. Aber die eine Seite davon ist bis zur Unkenntlichkeit zerkratzt – so könnte man es ausdrücken."

„Erzählen Sie mir von der anderen Seite."

„Leider ist das die Seite der Gerüchte, der Legenden, der mündlichen Überlieferungen, der Märchen."

„Dafür hatte ich immer etwas übrig", gestand Urban.

Sie schlug die Beine andersherum übereinander. Auf ihren Waden standen Schatten dunklen Flaums.

„Es gab da einen Uronkel", fuhr sie fort, „vor fünf Generationen. Er stand in Napoleons Diensten und ging nach des Kaisers endgültiger Niederlage und Abdankung nach Amerika. In Louisiana fanden sich Männer zusammen, die das nötige Geld aufbrachten, um Napoleon zu helfen, und sei es, um ihn zu befreien. Wie auch immer, das Unternehmen scheiterte. Als getreuer Schatzmeister legte mein Vorfahr das Geld an. Man spricht von einer Million Golddollar."

Urban hatte keinen Taschenrechner bei sich, schätzte also grob:

„Dann dürfte sich die Anlage inzwischen ungefähr siebzehnmal verdoppelt haben, zu einem gerade noch vorstellbaren Haufen Geld."

„Nicholas St. Cruix soll das Geld auf zwei Banken verteilt haben. Auf eine Bank in Washington und eine in London. Dort liegt das Geld heute noch und vermehrt sich auf banktübliche Weise."

„Und niemand hat je versucht, die Konten abzuräumen?" gab Urban seinem Staunen Ausdruck.

„Ja und nein", lautete die Antwort. „Nein, insofern, als der Clan der St. Cruix immer sehr vermögend und nicht darauf angewiesen war, und zweitens, weil die Bedingungen, um an das Vermögen heranzukommen, offenbar nicht erfüllt werden konnten."

„Wie darf man das verstehen? Gab es keine

Testamente, keine Erbscheine, keine Nachfolgeregelungen?"

Urban erfuhr, daß die Comtesse in gewisse Einzelheiten erst eingeweiht worden war, als das Erbe des Nicholas de St. Cruix an sie als den letzten Sproß der Familie übergegangen sei. Zunächst vielmehr an ihren Vater.

Im Verlauf der Unterhaltung zeigte sie Urban auch die zerkratzte Seite der Medaille.

Zwischendurch brachte der Diener Tee und fragte, ob Cognac im Tee genehm sei oder Scotch. Dazu gab es Kunstwerke der belgischen Konfiserie, so winzig, daß davon zehn Stück auf eine Männerhand gingen, aber köstlich im Geschmack.

Die Comtesse war aufgestanden und hinausgegangen. Verstohlen hinter ihr herschielend, betrachtete Urban ihren Gang. Man hätte ihn graziös nennen können, wäre er nicht ein wenig verwildert gewesen wie bei Frauen, die oft zu Pferde saßen. – Doch ihr Gesäß hatte es kaum beeinträchtigt. Sie hatte noch nicht das, was man einen Sattelhintern nannte.

Mit einer brennenden Zigarette in der Hand kam Florence de St. Cruix wieder.

Beim Hinsetzen entblößte sich ihr Oberschenkel bis zum Slip. Er hatte die Farbe des Kleides. Zitronenfaltergelb.

Sie erzählte nahtlos weiter.

„Das mit den Millionen und der Weg, wie man sie ergattert, war in den Aufzeichnungen des Urahns beschrieben. Die Dokumente lagen mir vor, ehe sie bei einem Zimmerbrand im Seitenflügel vernichtet wurden."

„Schade", bedauerte Urban ehrlich.

„Der Haken an der Geschichte ist, daß sie in

einer Geheimschrift dieses leicht absonderlichen Buchhaltergrafen abgefaßt waren. Es gab Bemühungen, sie zu entziffern, aber es dürfte wohl niemandem gelungen sein, bis..."

Urban rührte den Cognac unter den Tee und lauschte.

„... eines Tages ein junger, überaus fähiger Student zu uns kam, um unsere Bibliothek zu ordnen. Ich beauftragte ihn mit der Entzifferung der Dokumente. Er meinte, das sei so gut wie unmöglich, nahm die Fotokopien aber trotzdem mit nach Paris."

„Und wenn er nicht gestorben ist, lebt er heute noch", bezweifelte Urban das Märchen.

Um die Lippen der Comtesse kräuselte sich ein spöttisches Lächeln.

„Er liebte mich."

„Liebe, Verehrung in der angemessenen Form stört keine Frau."

„Er begehrte mich."

„Das soll mitunter die Folge von Liebe sein, Madame."

„Ich war damals, nun sagen wir einmal unerfahren und leistete durch mein Verhalten seinem Begehren beträchtlichen Vorschub. Doch er war ein Schwächling, was mich nicht sehr reizte. Ich mochte immer nur starke Männer. – ‚Nun gut, Monsieur', sagte ich zu ihm, ‚beweisen Sie Ihre Potenz auf anderem Gebiet. Bringen Sie diese Aufzeichnungen in Klartext, dann können wir über das andere reden.'"

„Das andere war Ihr Körper", sprach Urban es klar aus.

Sie blickte verlegen in ihre Teetasse.

„Ja, ein einziges Mal für eine Nacht."

„Hätten Sie das Versprechen eingehalten?"
„Das weiß ich nicht. — Wohl kaum."
„Und Sie sahen ihn niemals wieder."
Sie bestätigte: „Niemals."
„Dann konnte er die Geheimschrift wohl auch nicht entziffern, denn eine Lady wie Sie, Gnädigste, für die läuft der Camel-Mann jahrelang meilenweit."

Diese Bemerkung, weder geistvoll noch witzig, rief in dem Puppengesicht wieder ein Lächeln hervor.

„Wer war dieser Mann?" wollte Urban wissen.
„Ein Junge, nicht wesentlich älter als ich. Student im sechsten Semester Jura und Staatswissenschaften an der Sorbonne."
„Wann war das?"
„Vor neun Jahren ungefähr."
„Sein Name?"
„Delarme, Jean Delarme."
„Wir werden ihn finden."

Das schien ihr zu mißfallen.

„Wozu? Muß das sein? Lassen Sie doch", bat sie, „diese alte Geschichte schlafen."

„Es ist eine Spur, Madame. Die Verbrechen wurden offenbar von einem Mann initiiert, der an Napoleons Feinden Rache übt. Möglicherweise ist an das Vermögen des Nicholas St. Cruix nur dadurch und schrittweise heranzukommen."

„Was für ein Irrsinn, wie?" bemerkte sie schaudernd.

„Totaler Irrsinn, Gnädigste", stimmte Urban ihr zu.

So erfuhr Urban alles, was die Comtesse Florence de St. Cruix wußte. Dann war die Teestunde zu Ende.

Urban verließ das Schloß und den Park, in dem ein französischblauer Renault Alpine stand. Breit, kraftvoll, geduckt, sprungbereit wie ein Panther.

*

Vom Hotel aus rief Urban in der Zentrale des französischen Geheimdienstes in Paris an.

Gil Quatembre war ihm so viele Gefallen schuldig, daß er Urbans Bitte um die Suche nach Jean Delarme nicht abschlagen konnte.

Gil Quatembre, das langsam vergreisende Konfirmandengesicht, war zuverlässig und erledigte Unangenehmes meist sofort.

Schon am nächsten Morgen meldete er sich bei Urban im Hotel *La Lune* in Ypern.

„War gar kein Problem", versicherte er. „Dr. Dr. Jean Delarme beendete vor sechs Jahren seine Studien an der Sorbonne. Wegen seiner brillanten Examensarbeiten bekam er ein Stipendium der ENA, an der Ecole Politique, unserer Spitzenakademie für künftige Führungskräfte in Politik und Wirtschaft."

„Die er natürlich ebenso mit Auszeichnung abschloß", kombinierte Urban.

„Und er machte Karriere. Er trat in den Diplomatischen Dienst, wurde erst dem Botschafter in Dänemark als x-ter Attaché zugeteilt, stieg weiter auf, bekam immer bessere Positionen und arbeitet derzeit in Rom."

„Beim französischen Botschafter", verstand es Urban.

„Mit besten Aussichten, demnächst in die Zentrale, das heißt ins Außenministerium am Quai d'Orsay berufen zu werden. – Nach seiner Genesung", fügte Quatembre noch hinzu.

„Woran leidet er?" fragte Urban, stark interessiert.

„Er liegt seit vier Monaten mit einer virösen Hepatitis in Rom im Krankenhaus zu den Zedern des Libanon."

„Mit infektiöser Gelbsucht", bemerkte Urban, „soll man nicht spaßen. Und das ist alles rundum bewiesen?"

„Daß Dr. Delarme in Rom lebt? Ganz ohne Zweifel. Er ist nicht in der Lage, das Bett zu verlassen, so fertig hat die Hepatitis ihn gemacht. Die Ärzte meinen, er würde es schaffen, aber vor dem Winter besteht keine Aussicht, daß er seinen Dienst wieder aufnimmt."

Urban, in solchen Fällen mißtrauisch bis ins Knochenmark, fragte:

„Und es ist auch der Delarme, den ich meine?"

„Wir haben kein Foto. Aber wozu?"

„Du hörst von mir", sagte Urban.

Wenn der SDECE kein Foto hatte, dann würde er eines besorgen. Dazu brauchte er nur nach Château St. Cruix hinaus.

Wie es sich gehörte, hatte er auch seinen zweiten Besuch anzumelden versucht, doch niemand im Schloß hatte abgenommen.

Urban vermutete, daß die Comtesse gerade ihren Morgenritt absolvierte und die Dienerschaft Anweisung besaß, das Telefon zu ignorieren.

Obwohl Urban die Nase seines BMW-633-CSi-Coupés bis an das Gitterwerk des Tores steuerte und heftig läutete, man ihn also sehen und hören mußte, wurde nicht geöffnet.

Endlich ging am Schloß eine Tür auf. Der alte

Diener, in schwarzer Hose, weißem Hemd, Fliege, gestreifter Weste und Handschuhen, trat auf die Terrasse, ging gemessenen Schrittes über die Mitteltreppe hinunter und durchquerte den Park. Als er am Tor stand, erklärte er angestrengt atmend:

„Anordnung von der Comtesse. Keine Besuche, Monsieur."

„Ich muß sie sprechen."

„Bedaure, Monsieur, es wird unmöglich sein."

„Dann wird es möglicherweise mit der Polizei möglich sein müssen."

„Selbst das wohl kaum, Monsieur", erklärte der alte Diener, „denn die Comtesse ist verreist."

„So plötzlich?"

„Völlig unerwartet, Monsieur. Noch gestern abend ließ sie ihre Koffer packen und fuhr mit diesem unsäglich albernen Ungetüm von Kraftfahrzeug von dannen."

Der Diener wirkte äußerst bekümmert. Er schien den Tränen nahe.

„Wissen Sie, wohin sie reiste?"

„Nein, Monsieur..." Der Diener zögerte. „Ich weiß nur eines: Als ich die Comtesse nach dem Grund ihres so ungewöhnlich spontanen Aufbruchs fragte, antwortete sie nicht. Sie hatte wohl Angst."

„Vor wem?"

„Möglicherweise entstand die Angst nach Ihrem gestrigen Besuch, Monsieur."

„Angst vor mir?" zweifelte Urban. „Das ist unwahrscheinlich. Sie wirkte eher erleichtert und gelöst."

„Angst nach einem Anruf, der kurz nach Ihrem Weggang erfolgte, Monsieur", ergänzte der Diener.

Der alte Mann machte sich schwere Sorgen um

Florence, das stand fest. Normalerweise gaben Diener über solche Dinge keine Auskunft.

Sofort überlegte Urban die nächsten Schritte.

Zuerst mußte man den blauen Renault Alpine V6 Turbo suchen. Ein ziemlich seltenes Fahrzeug. Aber er kannte die Nummer nicht genau. Zwei Buchstaben, wohl das Kürzel für die Provinz, dann ein Bindestrich und Ziffern.

„S und C", brachte er zusammen. „Null und eins. Richtig?"

„Saint Cruix, null, eins", bestätigte der Diener. „Und Westflandern."

„Rufen Sie diese Nummer an, wenn Sie etwas hören", sagte Urban.

„Helfen Sie Madame", bat der Diener. „Ich fürchte, sie war ein wenig verstört. Das ist in der Tat ungewöhnlich bei der Comtesse."

Wo aber ließ man nach dem blauen Renault Alpine suchen? In Belgien, in Nordfrankreich, europaweit?

Diese Phase des Falles war ein Problem für Interpol.

Urban fuhr nach Paris.

11.

Ihrem Standard gemäß mietete Florence de St. Cruix sich im Hotel *Beau Rivage* ein. Von der Dachsuite aus hatte sie einen Hundertsiebzig-Grad-Ausblick über die Bucht bis hinauf zum alten Hafen von Nizza.

Wettermäßig konnte sie zufrieden sein. Ein frischer Wind vom Meer machte die Sommerhitze erträglich. Der Himmel war fast wolkenlos, das

Meer azurblau, und die Klimaanlage funktionierte tadellos.

Was die Comtesse beunruhigte, war ein Mann, der ihr wie ein Schatten folgte.

Sein Gesicht war nicht zu erkennen gewesen, aber er hatte Größe und Figur des deutschen Geheimagenten aus München. Doch warum, zum Teufel, sollte dieser Urban hinter ihr hersein, ohne Kontakt aufzunehmen.

Es war, als lupfte er immer nur einen Zipfel jener Decke, die seine Existenz tarnte, um sie zu beunruhigen.

Unruhe erzeugte Angst. Angst zermürbte. Und darauf kam es ihm wohl an.

Florence de St. Cruix hatte versucht, den Verfolger zu stellen. Offenbar waren aber die Autobahntankstelle und eine unüberschaubare Kurve, die aus einem Wald herausführte, nicht die richtigen Orte gewesen. Der schwarze Citroën XM des Verfolgers blieb stets auf Distanz wie ein lauerndes Ungeheuer.

Dann hatte sie versucht, ihm mit den 200 PS ihres Sportwagens zu entkommen. Es war ihr nicht gelungen. Entweder war der Unbekannte der bessere Fahrer, oder er verfügte über einen unserienmäßig starken Motor.

Nach ihrer Ankunft in Nizza war er plötzlich verschwunden. Sie konnte ihn weder am Strand noch bei ihren Spaziergängen, noch beim Abendessen im Club *Le Pirat* in La Napoule beobachten.

Trotzdem hütete sie sich davor, sich sicher zu fühlen. Kein Beschatter verfolgte ein Objekt fünfunddreißig Stunden lang quer durch Frankreich, um dann ohne Grund aufzugeben.

Der Mann hatte also einen Grund dafür. – Oder

sie hatte halluziniert. An Wahnvorstellungen glaubte sie jedoch nicht. Sie hatte nie darunter gelitten.

*

Dann stand er in ihrem Schlafzimmer. Plötzlich und unerwartet wie der schwarze Geist aus der Flasche.

Sie hörte ihn atmen.

In panischer Angst machte sie Licht. – Durch die Zimmertür war er nicht gekommen, die hatte sie versperrt, aber vielleicht über das Dach und die Dachterrasse.

Jetzt erkannte sie ihn auch.

„Sie!" stieß sie heraus und zog das Laken bis zum Kinn, denn in heißen Nächten schlief sie nackt.

„Damals hast du immer *du* zu mir gesagt", erinnerte er sie. „Du Kanaille, du Bastard, du Mistkerl, du Ratte, du geiles Schwein. Nun, die Kanaille ist jetzt gekommen."

„Was willst du?" fragte sie, weil ihr nichts Besseres einfiel.

„Liefern", sagte er, „und kassieren."

„Du warst seit St. Cruix hinter mir her."

„Ich konnte es nicht wagen, mich eher zu enttarnen. Dieser Deutsche, den Sie Mister Dynamit nennen, ist zu gefährlich. Aber inzwischen blieb er wohl auf der Strecke wie ein krankes Kamel in der Karawane, die weiterzieht. Nun ist die Karawane in der Oase angekommen. Der Scheich betritt das Serail und holt sich den Liebeslohn."

„Du bist nicht ganz bei Trost, Jean Delarme", fauchte sie ihn an.

„Ich habe dein Versprechen, Prinzessin."

„Alles nur Worte."

„Das Versprechen einer St. Cruix."

Betont langsam zog er die Handschuhe aus. Es waren schwarze feinlederne Kletterhandschuhe. Dann zog er den Schal aus dem schwarzen Hemd, das er zu der ebenfalls schwarzen Hose trug.

„Das liegt zehn Jahre zurück", redete sie sich heraus.

„Es war ein Abkommen. Frauen von echtem Adel halten sich an Verträge. Das war schon im Mittelalter Sitte."

Aus der hinteren Tasche seiner Hose holte er etwas Rechteckiges. Es handelte sich um einen festen Umschlag, stramm mit Papieren ausgepolstert. Den warf er auf das Laken in das Tal, das sich zwischen ihren Schenkeln abzeichnete.

„Wo warst du all die Jahre?" fragte Florence St. Cruix, um Zeit zu gewinnen.

„Hier und dort."

„Und was hast du gemacht?"

„Alles, um ein echter Mann zu werden, wie du es wolltest und um dir ebenbürtig zu werden, Florence."

Sie nahm den Umschlag und tastete ihn ab.

„Was enthält er?"

„Die Lösung."

„Du hast die Geheimschrift entziffert?"

„Es war schwer. Es kostete mehr Konzentration als eine Weltmeisterschaft im Schach. Aber ich hatte ein Ziel. Ich fand die Lösung. Hier ist sie, und das Ziel warst immer du. Tag und Nacht, all die dreitausend Tage und Nächte."

Die Angst formulierte ihre nächste Frage.

„Wann fandest du die Lösung?"

„Schon nach wenigen Monaten."

„Und warum kommst du erst jetzt?"

„Weil ich erst die Forderungen, die das Dokument enthält, erfüllte."

„Was brachte es dir ein in all diesen Jahren?"

„Veränderungen, wie du siehst."

„Vom Milchgesicht zur Killerfratze", stellte sie fest.

Ihre Offenheit beeindruckte ihn nicht.

„Nebenbei machte ich Karriere im diplomatischen Dienst. Nur noch eine Position auf der, wie soll ich es nennen, Liste der Forderungen, ist nicht erfüllt. Aber auch das werde ich noch zu Ende bringen. Da die Gefahr, es zu tun, ständig wächst und man nie weiß, ob man es lebend übersteht, deshalb bin ich hier."

Sie versuchte, den Umschlag zu öffnen. Er war fest verklebt.

Delarme setzte sich neben sie auf das Bett, entriß ihr den Umschlag mit den alten St.-Cruix-Dokomenten und forderte:

„Erst die Bezahlung, Prinzessin."

Er berührte sie und spürte, wie sie sich abwehrend versteifte.

„Sind wir frigide geworden?" höhnte er. „Klar, Huren werden im Alter fromm."

„Du ekelst mich an", keuchte sie, „so wie damals, so wie am ersten Tag."

Nun knöpfte er sein Hemd auf, zog es aus und zeigte ihr seinen athletisch trainierten Oberkörper. Er ließ seine Muskeln spielen und lächelte.

„Heute bin ich stärker als du. Du entkommst mir nicht mehr."

„Ich hasse dich."

„Am besten, du ergibst dich in dein Schicksal, du Hure. Ich hole mir, was mir zusteht. Notfalls mit Gewalt. Aber ich schlafe nicht gern mit einer Toten."

*

Die Angst griff mit kalten Fingern nach ihr, als er die letzte Maske fallen ließ und sagte:

„Alles für dich, meine Teure." Mitten in der Entkleidungszeremonie hielt er inne. „Du hast gehofft, du könntest mir entgehen. Du hast es verdrängt, hast überhaupt nicht mehr an mich gedacht. Aber ich bin hier, aus Fleisch und Blut. Also zier dich nicht. Jetzt ist die Stunde gekommen, neue St. Cruixes zu zeugen, damit dieses verkommene Adelsgeschlecht nicht ausstirbt."

Er riß an dem Laken. Sie hielt es fest.

Nun holte er hinten aus dem Gürtel eine 7,65er Automatic und legte sie auf den Nachttisch. In der anderen Hand hielt er ein Stück Eisen, wie Florence es bis jetzt noch nicht gesehen hatte. — Es war so lang, wie ein Fleischermesser, aber schmaler. Es hatte nicht — wie eine Klinge — zwei, sondern drei spitzzulaufende scharfe Kanten.

Damit strich er an ihrer Wange entlang, was einen feinen blutenden Hautspalt hinterließ. Dann spießte er die Seidendecke auf. Ihre Finger gaben sie zitternd frei. Fast behutsam zog er das Laken von ihr und sah sie nach zehn Jahren wieder nackt.

„Du bist schöner geworden", keuchte er erregt. „Nicht mehr so knochig, kein Fohlen mehr, sondern eine Stute. Und nun wird der Hengst dafür sorgen, daß die edle Stute trächtig wird. Und du wirst es hinnehmen, oder ich zerschneide dir dein hübsches Puppengesicht."

Sie schüttelte den Kopf.

„Los, bitte mich darum, Prinzessin."

„Nie!"

„Du sollst mich darum bitten."

Ihr Mund blieb stumm, und sie schloß die Augen.

„Das gilt nicht, Prinzessin!" sagte er. „Du sollst mich dabei ansehen. Auch wenn du dich vor mir ekelst, dann spiel es mir vor, daß du es haben möchtest. Vorgestellt hast du es dir hundertmal, und ich wette, mit Wollust."

Der spitze Dreikantschaber strich über ihren Hals hinab zwischen den Brüsten zum Nabel.

„Keine Angst, Prinzessin", flüsterte er. „Nur die Kreuzungen von Edelstuten und wilden Mustangs brachten Außergewöhnliches hervor. Denk an unsere Erben. Dein Geschlecht wird erneuert und weiterleben und groß werden, so wie damals vor Hunderten von Jahren, als der erste de St. Cruix die Kreuzzugsfahne gen Jerusalem trug."

Er drückte mit der Spitze des Dreikantschabers so zu, daß sie die Schenkel spreizte. Dann richtete er sich auf und öffnete den Gürtel und den Reißverschluß seiner Hose.

Sie blickte zur Seite.

„Schau her!" befahl er. „Du sollst die Augen nicht vor dem Unumgänglichen schließen."

Doch Florences Augen wanderten zur Seite. Ihre Pupillen waren groß – und mit einemmal zeigte sich keine Panik mehr in ihnen.

Der Besucher drehte sich um, sah aber nur, wie der Nachtwind mit den dünnen Vorhängen spielte.

„Schade", bedauerte er, „nicht einmal der Mond schaut uns zu." Im selben Augenblick, als er sich wieder seinem Opfer zuwandte, hatte Florence nach seiner Waffe auf dem Nachttisch gegriffen. Sie packte sie mit beiden Händen und riß am Abzug. — Aber nichts ereignete sich.

Hektisch lachend, entwand er ihr die Automatic.

„Gesichert", sagte er. „Schau her, Prinzessin, der Hebel an der linken Seite oberhalb der Griffschale steht auf Null. Erste Stufe Einzelfeuer, zweite Stufe Dauerfeuer."

Sein Daumen schob den Sperriegel auf den roten Punkt. Die jetzt scharfe Waffe legte er so hin, daß sie zwar für ihn, nicht aber für Florence zu erreichen war.

„Du hast wirklich keine Chance, Prinzessin", erklärte er. „Für mich warst du, bist du und wirst du immer ein Fixstern sein. All die Jahre, jede Nacht, sah ich dich in meinen Träumen. Jetzt ist es soweit. Ich bin ich, und du bist du, und ich werde dich jetzt haben. Es ist unabänderlich."

Langsam, wie in Zeitlupe, legte er sich genußvoll auf sie.

„Unabänderlich", sagte er noch einmal.

*

„Irrtum!" rief jemand von der Terrasse her.

Es war also doch jemand dort gewesen.

„Du hinterhältige Nutte!" schrie Delarme, schlug Florence ins Gesicht, griff nach der Waffe und schoß ansatzlos.

Florence, in der Hoffnung, ihrem Retter damit zu nützen, packte die Lampe und schleuderte sie gegen Delarme. Die Lampe splitterte und verlosch.

Wieder feuerte Delarme. Die Mündungsflamme zuckte. Florence fühlte tastende Finger an ihrem

Körper. Aber die Finger suchten nicht nach ihr, sondern nach etwas anderem. Dann hörte sie ein Poltern. Der Sessel fiel um, der Spiegel barst.

Der sattdumpfe Ton des Treffers einer Faust, die gegen Weichknorpliges traf, folgte. Dann gepreßtes Atmen, ein Fluch. Wieder ein Schuß. Etwas krachte gegen die Wand. Ein anderes Möbelstück fiel um. Jemand holte keuchend Luft. Lauernde Stille. Ein samtiges Schleifen – tastende Schritte. Dann eine rasche Folge von Schritten, als hetze jemand im Dunkeln hinter einer schemenhaften Gestalt her.

„Mach Licht!" schrie eine Stimme, die nicht die von Delarme war.

Zugluft entstand. Die Schiebetür zur Terrasse war weit geöffnet worden. Endlich fand Florence den Zugschalter über dem Bett. Sie riß daran.

Am Kronleuchter flammten alle Kerzen auf.

Neben ihr stand der andere Mann. Wie damals auf Château St. Cruix trug er dunkelblaue Hose, ein helles Hemd mit einfarbigem Wirkbinder und ein zweireihiges Glenchecksakko.

Robert Urban blutete an der Stirn. In der Hand hielt er ein Stuhlbein.

Nach blitzschneller Orientierung stürzte er zur Terrasse und war weg.

Es dauerte Minuten, dann kam er wieder.

„Er floh über die Dächer."

„Warum", fragte Florence de St. Cruix, „haben Sie nicht geschossen? Sie haben doch eine Waffe."

Unter dem Sakko hing seine Mauser am Magnethalfter, und sie hatte sie gesehen.

„Schießen, auf wen? Im Dunkeln? Ich hätte auch Sie treffen können, Florence."

Sie lehnte sich zurück. Ihr Gesicht war blaß. Tränen standen in ihren Augen.

„Na wennschon."

„Ist ja vorbei, oder?"

„Für wie lange? Er kommt wieder."

„Das nächste Mal werde ich früher zur Stelle sein, falls Sie so gütig sind, uns mitzuteilen, wohin Sie reisen. Es dauerte zu lange, Sie zu finden."

Er drehte einen umgestürzten Hocker herum, setzte sich und steckte eine MC in Brand.

„War das Delarme?"

„Ja, Delarme."

„Kein Zweifel?"

„Dumme Frage."

„Insofern nicht, weil Dr. Jean Delarme mit schwerer Gelbsucht in Rom im Hospital liegt. — Schon seit Monaten."

„Aber doch wohl nur angeblich", höhnte sie. „Es war Delarme. Ich sah sein Muttermal auf der Schulter, so groß wie ein Centstück, oval und dunkel."

„Es ist trotzdem unmöglich", bedauerte Urban.

Sie richtete sich auf, schaute sich um. Dann verließ sie das Bett und suchte, splitterrnackt wie sie war, weiter. Neben dem Bett, vor dem Bett und darunter.

Urban warf ihr das Negligé zu.

„Nicht, daß ich fürchte, Sie würden sich erkälten, aber ich bekomme von so was entzündete Augen, Gnädigste."

Sie schlüpfte in den dünnen Schlafmantel.

„Dachte, Agenten seien hart im Nehmen."

Er tupfte das Blut an der Stirnwunde ab.

„Offenbar weniger hart im Austeilen", bemerkte

er. „Gewöhnlich chloroformiert mein Handkantenschlag selbst Elefanten und Seeleute."

„Finden Sie sich damit ab, daß er entwischt ist. Ich muß mich auch damit abfinden."

„Was, zum Teufel, suchen Sie, Florence?"

„Delarmes verdammte Übersetzung der Dokumente des Chevalier Nicholas de St. Cruix."

„Er hat sie wohl wieder mitgenommen."

„Keine Bezahlung, keine Ware", vermutete sie. „Das nenne ich Kaufmannsgeist."

Sie ging in den Wohnraum und kam mit einer Kristallkaraffe wieder. Die Flüssigkeit darin schimmerte goldgelb. Es war Scotch.

Sie setzte sich auf die Bettkante und wischte sich mit einem Kleenex die verschmierte Wimperntusche aus den Augen.

„Was nun, großer Meister?"

„Keine Ahnung", gestand er und suchte zwei Gläser.

„Ich gehe fort", entschied sie.

„Wohin?"

„Ich lasse mich nicht abstechen. Nicht von diesem brutalen Vieh."

„Er wird Sie überall finden. — Wir müssen uns etwas überlegen", schlug Urban vor.

Sie tranken. Als die Karaffe leer war, sagte Urban:

„Morgen früh."

Er lag auf dem Sofa, ein wenig krummbeinig und unbequem. Kein Zweifel, er hätte neben ihr bequem Platz gefunden, und sie hätte wohl auch nichts dagegen gehabt. Aber nach Niederlagen war er nicht in Stimmung. Für nichts und niemand. Und sei es die schönste aller Frauen.

„So still im Hotel", hörte er Florence flüstern.

„Es ist drei Uhr."

„Warum rannte auf die Schießerei hin nicht alles zusammen?"

„Wir sind hier oben im Penthouse. Das Gebäude ist noch von der alten soliden Machart. Dicke Mauern, hohe Geschoßdecken. Sie schlafen alle den Schlaf der Gerechten."

Urban berichtete, daß er, nachdem man endlich den blauen Renault Alpine gefunden hatte und wußte, wo Florence de St. Cruix wohnte, mit der Hoteldirektion gesprochen habe. Man hatte ihm die Treppe zur Dachluke gezeigt, und er hatte angedeutet, daß es in dieser oder in einer der darauffolgenden Nächte vielleicht ein wenig laut zugehen könnte.

Daß dieser Jean Delarme so schnell handelte, damit war nach allen Erfahrungen nicht zu rechnen gewesen. Auch nicht, daß die Falle nicht zugeschnappt war.

Wie auch immer, dachte Urban, der echte, der einzige und wahre Jean Delarme, kann es ohnehin nicht gewesen sein.

12.

Die Polizei suchte nach dem Mann, den Florence de St. Cruix beschrieben hatte, und nach seinem schwarzen Citroen MX.

Am Morgen beim Frühstück, als die Comtesse immer wieder betonte, sie würde keinen Tag länger in Europa bleiben, summte das Telefon.

Ein englisch sprechender Mann, der sich Bandera nannte, wollte Mister Urban sprechen.

„Was kann ich für Sie tun?"

„Ich bekam die Adresse von Ihrem Hauptquartier in München", führte der Anrufer sich ein. „Ich bin der Bruder eines jener Männer, die vor wenigen Tagen in Oberbayern in einem explodierenden Blazer zu Tode kamen."

„Interessant", bewertete Urban die faustdicke Lüge. „Offenbar flogen Sie zu seiner Beerdigung herüber."

„Ja, aus Philadelphia. Jetzt bin ich in Genua, um per Schiff in die Staaten zurückzukehren. Mit der *Leonardo da Vinci*."

Schon wieder eine Ungereimtheit. Wie Urban wußte, war der Dampfer *Leonardo da Vinci* nicht mehr im Liniendienst. Und wer hätte den Bruder eines Toten verständigen sollen, wenn man nicht einmal wußte, wer der Tote war, weil das Feuer und die Explosion ihn völlig entstellt hatten.

Urban spielte trotzdem weiter mit.

„Mister Bandera, Sie haben ein Problem, wie mir scheint."

„Ich möchte zur Klärung dieser mysteriösen Morde beitragen", beteuerte der Anrufer, „damit es nicht eines Tages heißt, ich wäre Mitwisser dieses Verbrechens gewesen."

„Hochanständig von Ihnen", betonte Urban. „Was wissen Sie denn davon?"

„Mein Bruder", begann Bandera, „schleuderte aus der schiefen Ebene nicht mehr auf die Gerade. Schon in der Schule fing es mit Bandenkriminalität an. Nach Jugendknast ging es erst richtig los. Er scheute vor nichts zurück, wenn es gute Kohle brachte. Diebstahl, Erpressung, Raub. Eines Tages kam ein Mann und hatte einen Job für ihn. Mein Bruder sollte der Vierte in einem Team werden. Es ging um Einsätze in den USA und Europa, auch einer in Rußland war dabei."

Florence St. Cruix kauerte neben Urban auf dem Teppich und lauschte mit dem Ohr am Hörer mit.

„Es ging um späte Rache an Leuten, die vor hundert Jahren oder noch länger am Untergang eines damals berühmten Mannes beteiligt waren. – Nach dem Motto: Rache bis ins siebente Glied und so weiter."

„Napoleon war dieser Mann", erwähnte Urban.

„Sie wissen ja alles schon."

„Nur einiges. Erzählen Sie weiter, Mister Bandera."

Urban prägte sich jedes einzelne Wort ein. Es ging um eine sagenhafte Geschichte. Sie begann im Jahr 1820 in New Orleans, drehte sich um den Bürgermeister Girod, der Napoleons Befreiung aus Sankt Helena organisierte, und den Piraten Dominique You, der die Mittel durch Raub und Überfälle zusammenbrachte und dann seine Bark, eine ehemalige spanische Korvette, zur Verfügung stellte. Das Unternehmen wurde vereitelt, indem man das Kommando in Trinidad abfing. Die Befreier wurden hingerichtet. Aber die Ironie des Schicksals bestand darin, daß Napoleon zu diesem Zeitpunkt bereits tot war. – Nur ein Mann namens St. Cruix blieb am Leben. Er war der Kassenwart des Vereins. Er schrieb alles auf und fühlte sich zum Rächer auserkoren. Um einen späteren Rachefeldzug zu finanzieren, legte er die Million Dollar, die für Napoleons triumphale Rückkehr von St. Helena gedacht waren, bei namhaften Banken in Washington und London an. Er bestimmte die genaue Prozedur, wie der Mann, der einst die Rache organisierte, schrittweise Zugang zu dem Geld bekam."

„Was wissen Sie von dieser Prozedur?" wollte Urban wissen.

„Offenbar ist eine gewisse Summe von Mord zu Mord auszahlbar. Der letzte Rest nach dem letzten Fememord."

„An wem soll dieser Mord verübt werden?"

„An einem hohen Staatsmann", gab Bandera preis.

„Kennen Sie seinen Namen?"

„Ja, Mister, ich kenne ihn."

„Dann nennen Sie mir diesen Namen."

„Nicht am Telefon", sagte der Anrufer. „Ich weiß noch mehr, noch viele Einzelheiten, über die Banken, wo das Geld liegt, über die Freigabeprozedur, welche Advokaten damit befaßt sind, über die Codes, die dazu nötig sind, wie die Beträge freigegeben werden und zu welchen Bedingungen."

„Wer ist das letzte Opfer?" bohrte Urban. Nur das interessierte ihn.

„Wann sehen wir uns, Mister Urban?"

„Ich kann in drei Stunden in Genua sein", versprach Urban. „Kennen Sie auch den Namen jenes Mannes, der Ihren Bruder anheuerte?"

„Aber ja."

„Nennen Sie mir wenigstens *diesen* Namen."

„Nur von Ohr zu Ohr", stellte der andere sich stur. „Ich besitze sogar ein Foto von ihm."

Soviel Entgegenkommen machte Urban mißtrauisch.

„Was verlangen Sie dafür, Bandera?"

„Wenig", sagte Bandera. „Nur, daß meine Person aus dieser Sache herausgehalten wird. Können Sie mir das versprechen?"

„Ich will es versuchen", erklärte Urban.

Er bekam die Adresse, und Bandera legte auf.

„Warum", fragte Florence de St. Cruix, „haben Sie ihm nicht klar versichert, daß er keine Probleme mit der Polizei oder dem Staatsanwalt kriegen wird?"

„Weil", vermutete Urban, „der Mann ein Betrüger ist. Der Tote in Oberbayern, um den es geht, konnte nie identifiziert werden."

„Woher hat dieser Mann dann seine Kenntnisse?"

„Er ist der vierte Killer", kombinierte Urban. „Entweder er hat an der Operation gegen Metternich-Havlicek aus bestimmten Gründen nicht teilgenommen, oder er ist derjenige, der seine Kollegen umnietete, um auszusteigen. Oder er hat drittens fürchterliche Angst, daß der große Auftraggeber ihn als Zeugen auslöschen würde, wie er auch die anderen drei ausgeschaltet hat, nachdem sie ihre Aufgabe erfüllt hatten. So wird es sein – oder auch ganz anders."

„Bis auf die letzte Aufgabe", schränkte Florence ein.

„Die er möglicherweise selbst erledigt."

„Dann ist sie wohl nicht allzu schwierig."

„Der Mann hat leider Format", fürchtete Urban, „und sein letztes Opfer befindet sich in höchster Gefahr."

Urban ließ sich von der Telefonzentrale des Hotels mit Interpol in Genua verbinden. Er nannte die Adresse Banderas und sagte:

„Sorgt dafür, daß ihm nichts zustößt. Er ist in Gefahr, fürchte ich. Er muß am Leben bleiben. Dieser Mann ist der Schlüssel."

Urban bestand darauf, daß Florence de St. Cruix ihn nach Genua begleitete.

Unterwegs auf der Autobahn entwickelte er seine Vorschläge, was ihre Sicherheit vor Jean Delarme betraf.

„Vor Wahnsinnigen", sagte sie, „gibt es keinen Schutz."

„Vor diesem Problem stehen wir auch, was sein letztes prominentes Opfer betrifft", erinnerte Urban. „Wir müssen diesen Anschlag verhindern. Doch logischerweise müssen wir den Täter vorher kriegen."

„Und wie, bitte?"

„Wenn wir ihn haben", antwortete er ausweichend, „dann sind auch Sie außer Gefahr."

„Wie alt sind Sie, Bob?" fragt sie später.

„So zwischen Mitte und Ende."

„Ich bin zwischen Anfang und Mitte. Wir sind ungefähr eine Generation und gehören, wie mir scheint, zu den uralten Scheißkonservativen."

„Was manchmal gar nicht so übel ist."

„Sagen wir trotzdem du zueinander?"

„Okay, Flory."

Sie küßte ihn bei Tempo 180 auf die Wange und kam dann zur Sache.

„Bis das im reinen ist mit Delarme oder wem auch immer, haue ich ab nach Marrakesch."

„Hast du Freunde dort?"

„Ein hübsches Haus."

„Ist es eine Festung?"

„Eine arabische Villa."

„Hat Delarme davon Kenntnis?"

„Möglicherweise schon. Wir besitzen das Haus seit der Jahrhundertwende. Mein Großvater erhielt es als Geschenk des Königs von Marokko. Keine Ahnung, wofür."

„Auch kein sehr sicherer Ort."

„Wo ist es sicher?"

„Hier bei mir."

„Wollen wir es uns in deiner fahrenden Rostlaube gemütlich einrichten. Essen, schlafen, baden, lieben?"

„Was gerade noch geht, ist letzteres", scherzte er.

Sie schaute sich in dem engen Coupé um.

„Entweder du bist geizig", vermutete sie, „maßlos arm oder anhänglich. Anders kann ich es mir nicht erklären. Es gibt doch einen neuen BMW."

„Für hundertfünfzigtausend", sagte Urban.

„Na wennschon."

„Dafür muß ich monatelang fleißig stricken."

Genua kam. Sie verließen die Autostrada unten am Hafen und bogen nach links stadteinwärts. Urban schien sich auszukennen.

„Du warst schon einmal da", stellte Florence fest.

Bandera hatte ihm erklärt, daß die Wohnung, wo er untergeschlüpft war, in Richtung Chiavari liege, also auf der Hafenhochstraße nach Osten. Nach drei Kilometern sollte er den Corso Italia verlassen und auf der Via Cavalotti in die Hügel fahren. Boccadassa hieß das Viertel.

„Bald müßte ein Park kommen."

„Da ist er."

„Schräg hinter dem Garibaldidenkmal wohnt er."

Urban trat auf die Bremse. Wenn das rote vierstöckige Haus an der Ecke dasjenige war, das Bandera beschrieben hatte, dann war dort einiges los.

Feuerwehr stand herum, Polizei und Krankenwagen. Im obersten Stock brannte es, vielmehr es hatte gebrannt. Jetzt qualmte es nur noch schwarz. Sie hatten den Brand unter Kontrolle.

„Du wartest hier", sagte er zu Florence.

„Ist es drüben in der Trattoria recht?"

„Kann einige Zeit dauern."

Er trat zu dem Polizeioffizier, der hier das Kommando führte.

„Mein Name ist Urban."

Er sah im Augenwinkel, wie Florence hinter dem Perlenvorhang der Trattoria verschwand.

Der Offizier, ein Capitano wußte Bescheid.

„Sie kommen zu spät, Colonello."

„Ich wußte, wie lange man braucht. Deshalb rief ich Sie an."

„Auch wir kamen zu spät, Colonello."

„Ist es Banderas Zimmer?"

„Da goß wohl einer Benzin rein und steckte es an. Konnten gerade noch den Dachstuhl retten und das Nebenhaus."

„Und Bandera?" fragte Urban.

Der Offizier ging mit ihm zu einem der Krankenwagen. Bandera lag nicht auf einer Trage, sondern in einer Plastikwanne. Man hatte ihn mit Alufolie zugedeckt.

„Ob er es ist, wissen wir nicht. Keiner kannte ihn. Er wohnte erst seit kurzem in dem Appartment. Aber er war Amerikaner, er sprach kaum Italienisch."

„Fingerabdrücke?"

„Die werden noch abgenommen."

„Also ist er nicht total verbrannt."

„Er konnte sich ins Treppenhaus retten. Das Feuer allein brachte ihn nicht um", erklärte der

Capitano. „Er verblutete durch merkwürdige Stichverletzungen."

„Vier Stück", befürchtete Urban.

„Drei sagt der Notarzt. Zwei in der Brust, einen unterhalb des Nabels."

„In V-Form also."

V wie Verräter, überlegte Urban. — Aber der Täter war mit Sicherheit kein Deutscher. Es konnte also kein V gemeint sein. — Aber ein T.

„Drei Stiche geben auch ein T", bemerkte er.

„Und was bedeutet es, Colonello?"

„T wie Traître, das französische Wort für Verräter."

Den Täter hatte wie üblich niemand gesehen, und es gab auch keine Spuren.

Auf Urbans Einwand hin, ein Mann mit einem Benzinkanister müsse doch irgend jemandem aufgefallen sein, hieß es:

„Aber nicht zur Stunde der Siesta."

Offenbar mußte man, wenn man unerkannt bleiben wollte, in Italien seine Anschläge stets zur Mittagszeit ausführen.

Als Urban genug wußte, unter anderem, daß alles, was dieser Bandera bei sich gehabt hatte, also auch das erwähnte Foto, verkohlt sei, ging er zu der Trattoria hinüber, um Florence die Geschichte zu erzählen. — Doch sie war nicht mehr da.

Der Padrone beantwortete Urbans Fragen stets mit: „Si, Signore." — Florence war dagewesen und hatte einen Cappuccino getrunken. Dann mußte der Padrone nach einem Taxi telefonieren, und sie war weggefahren.

Urban setzte sich in sein Coupé, steckte sich eine MC an, fuhr zum Tanken und dann nach Nizza zurück.

Im Hotel *Beau Rivage* erfuhr er, daß Madame de St. Cruix vor einer halben Stunde angekommen sei, die Rechnung bezahlt habe, das Gepäck in ihren Wagen habe bringen lassen und dann abgefahren sei. Ohne Angabe eines Zielortes.

Madonna, dachte Urban, jetzt fängt auch das wieder an.

13.

Aus Mangel an aktiven Möglichkeiten griffen die Verantwortlichen zu passiver Taktik.

Fortan wurden alle führenden Männer der Regierungen, von den USA bis in die Sowjetunion, mit verstärktem Personenschutz ausgestattet. Das sollte solange der Fall sein, wie Attentatsgefahr bestand. Diese Gefahr war erst beseitigt, wenn ausgeschlossen werden konnte, daß der gefährdete Politiker mit jenen Männern verwandt war, die zu Napoleons Untergang beigetragen hatten.

Bei der Analyse der Stammbäume kamen erstaunliche Dinge zutage. So unter anderem, daß ein als Antisemit berüchtigter Minister jüdische Vorfahren gehabt hatte, daß ein extremer Rechter aus kommunistischem Elternhaus stammte, daß ein als katholischer Moralapostel bekannter Ministerpräsident unehelich in einem Hurenhaus geboren worden war und daß ein Justizminister eine Jugendstrafe wegen Kaufhausdiebstahl abgesessen hatte. Die Liste dieser Absonderlichkeiten ließ sich endlos fortsetzen. − Nur bei der Ermittlung von Männern mit Napoleonkillern als Vorfahren haperte es mächtig.

Da die Computer, zum Teil überfordert, ihren

Geist aufgaben, wurden für weitere Ermittlungen nicht nur Historiker, sondern Leute eingeschaltet, die sich speziell mit der Ahnenforschung befaßten. Man bemühte auch Heraldiker, Autoren von Adelskalendern und Nachschlagwerken wie *Who is Who*, *Wer ist Wer*, Adelsberichterstatter, Gesellschaftsreporter, Klatschkolumnisten und alle bekannten Experten des Fachgebietes Napoleon Bonaparte.

Leider bildeten sich keinerlei Kristallisationskerne.

„Wenn man bloß wüßte", wandte der Leiter der Sonderkommission sich an Urban, „wo und in welchem Land dieser rätselhafte Delarme zuschlägt."

„Delarme kann es nicht sein", beharrte Urban. „Er liegt in Rom mit Gelbsucht darnieder."

„Es gibt nur ein Land, Monsieur Urban, in dem ein Anschlag danebenging, nämlich Frankreich. Bei dem Bankier Eric Casanne schlug es fehl."

„Ist Casanne mit einem Napoleonkiller" — das Wort hatte sich inzwischen eingebürgert — „verwandt? — Vielleicht mit Fouché?"

„Ja oder nein, wer weiß. Diese Herren hatten damals eine Menge Mätressen."

„Somit ist das gar nicht mehr zu eruieren. Auch nicht für den Attentäter", schätzte Urban.

„Deutete dieser Bandera nicht an, daß ein Staatspräsident das letzte Opfer sei?"

„Hat man die alle durchgecheckt?"

„Wir nahmen auch den französischen Staatspräsidenten unter die Lupe", bestätigte der Chef der Sonderkommission, „obwohl er sich die Durchforstung seines Stammbaumes verbat."

„Warum? Ist er lebensmüde?"

„Es gab in Frankreich des beginnenden neunzehnten Jahrhunderts noch andere Napoleongegner als Fouché. Nur so genau will das heute niemand mehr wissen. Aber die Suche wurde in Angriff genommen."

„Ergebnis?"

„Unser Staatspräsident ist der Nachkomme eines Deputierten jener Volkskammer, die seinerzeit Napoleons Abdankung betrieb."

„Und erreichte", wurde von anderer Seite ergänzt.

„Na bitte", bemerkte Urban.

„Na bitte was?"

„Ist das nichts?"

„So gut wie nichts."

Die Kommission beendete ihre Abendsitzung. Die Mitglieder, eine Expertengruppe, bestehend aus Geheimdienstleuten, Sûretébeamten, Interpol-Kommissaren und Angestellten des Innenministeriums, gingen auseinander.

Nur soviel stand fest: Der Täter konnte jederzeit überall zuschlagen. Man wußte nicht, wer er war, wie er aussah, noch wen er im Fadenkreuz hatte.

In dieser Situation unternahm der BND-Agent Robert Urban die einzig möglichen Schritte. Er ließ weiter nach Florence de St. Cruix suchen und sorgte dafür, daß der angeblich erkrankte Dr. Jean Delarme in Rom pausenlos bewacht wurde.

Spät in der Nacht telefonierte Urban von Paris nach Rom.

„Stellt fest", verlangte er, „ob Dr. Delarme zwischen den Schulterblättern ein Muttermal hat, oval und von der Größe eines Centimestückes."

Wenig später kam die Bestätigung aus Rom.

„Das Muttermal ist vorhanden. Eine Art Pigmentstörung."

Damit gab Urban sich nicht zufrieden.

Nun rief er direkt im Hospital zu den Zedern des Libanon an, verlangte nach dem Chefinternisten und bekam seine Privatnummer.

Um Mitternacht erhielt Urban die Bestätigung dessen, was er im Grunde schon wußte.

„Doktor Jean Delarme", versicherte der Mediziner, ein wenig ungehalten wegen der späten Stunde, „liegt seit Ende Mai bei uns auf der Isolierabteilung. Er leidet an einer äußerst gefährlichen Form infektiöser Hepatitis. Zwar befindet er sich auf dem Weg der Besserung, man kann sagen, er ist jetzt über den Berg, aber jeder Versuch, die Klinik heimlich zu verlassen, würde bereits im Treppenhaus mit einem Schwächeanfall enden. Dieser Mann ist inzwischen so entkräftet, daß er, sobald er erregerfrei ist, erst langsam wieder aufgebaut werden kann. Bitte nehmen Sie das zur Kenntnis als Aussage eines erfahrenen Arztes."

„Grazie, Signore Dottore Professore", sagte Urban.

Am darauffolgenden Nachmittag las er in einer Pariser Boulevardzeitung, daß auf ein Palais am Bois de Boulogne ein Brandanschlag verübt worden sei.

Das Haus sei seit einem Jahrhundert im Besitz einer belgischen Adelsfamilie. Höflicherweise schrieb die Zeitung den Namen nicht aus. Sie druckte nur die Anfangsbuchstaben d. St. C.

Kein Zweifel, es handelte sich um die Pariser Villa der Saint Cruix.

14.

Urban rief an.

„Wenn man dich braucht", die Stimme am Telefon klang rauh, „dann findet man dich nicht."

„Du erlaubst", antwortete Urban der Comtesse, „daß ich das postwendend zurückreiche."

Zwanzig Minuten später — solange brauchte das Taxi vom Hotel *George V.* bis zum Trocadero — stand er vor ihrer Tür.

Sie öffnete ihm selbst, schön wie immer und unfreundlicher denn je.

„Das ganze Personal ist mir weggelaufen."

„Natürlich meine Schuld", nahm er es auf sich.

Sie schielte über ihn hinweg durch die schwere Eichentür, durch den Vorpark und durch das Tor.

„Wer ist dieser Mann da?"

„Einer von dreien."

„Was tun die hier?"

„Polizeischutz."

„Zu deinem Schutz", höhnte sie und schloß die Tür.

Das ging schwer, so wie bei einer Tür, die aufgebrochen und noch nicht repariert worden war.

Im Entree — drei Stufen führten zwischen roten Marmorwänden in eine Halle, die Urban an einen Vestalinnentempel erinnerte — stank es nach Holzkohle und Ruß. An den Wänden und am Boden war nichts mehr zu sehen, aber die Engel an der Stuckdecke zeigten Spuren des Feuers.

„Dein Freund zieht es neuerdings vor, mit Benzin zu arbeiten", äußerte er.

„Wessen Freund?" erwiderte sie. „Es war ein Molotowcocktail. Und das ist lange nicht alles."

Sie gingen durch das Erdgeschoß, durch einen holzgetäfelten Raum, eine Art Bibliothek, wo sich das Feuer zweifellos besser gelohnt hätte, dann hinaus in den Garten. Dort deutete sie auf einen flachen Anbau. Es war die Garage. Sie hatte auch hinten Tore. Durch sie waren früher die Pferde, nachdem man sie von den Kutschen abgeschirrt hatte, in die Ställe geführt worden.

In der Garage standen ein kleiner Peugeot, ein wendiges Dreimeterauto, und ihr französisch blauer Renault Alpine.

Der Renault sah böse aus. Die Reifen waren zerstochen, die riesigen gewölbten Scheiben vorn und hinten zerhämmert, was die Stromlinie auf schändliche Weise störte.

„Ziemlich gewagtes Spiel deinerseits", kommentierte Urban, „sich mitten ins Zentrum der Hölle zu begeben."

„Du hast absolut keine Ahnung, Mann. Gerade hier konnte ich sicher sein. Ich habe das Haus von einer Tante aus einer anderen Linie geerbt. Aus der Familie der de Burgeau-Pinallier. Aber wegen des Feuers mußte ich die Polizei rufen. Wenn es in einem Hochhaus brennt, taucht kein Journalist auf. Hier bei den Villen am Bois de Boulogne kommen sie gleich in Rudeln. Einer muß herausgefunden haben, daß das Haus mir gehört. So kam es in die Schlagzeilen. Ohne diese Schnüffler wäre ich vor dir sicher gewesen wie . . ."

Urban steckte sich eine MC an und ging um den Renault herum.

„Wie?" fragte er.

Plötzlich stand er vor ihr und stieß beinah mit ihr zusammen. Es war nicht seine Absicht, es war die ihre. Sie lehnte sich an ihn und schluchzte.

„Mein Gott, bin ich froh, daß du da bist."

Er drückte sie an sich und spürte, daß sie zitterte wie eine Katze bei Gewitter.

„Du brauchst ebenfalls Personenschutz", stellte er nüchtern fest.

„Von dir. Ich habe das erste Mal in meinem Leben richtig Angst", gestand sie. „Die Angst liegt mir wie ein Stück Blei im Magen. Im Wasser würde es mich in die Tiefe ziehen, so schwer ist es."

Urban schaute sich um. Der Park bot sich jedem Terroristen als Ausgangspunkt für Anschläge geradezu an. Sie würden noch einen Mann anfordern müssen. Am besten einen mit Hund.

Er streichelte über ihren Rücken.

„Schon gut, Florence."

Dann gingen sie ins Haus.

„Will dieser Satan seinen Lohn, oder ist es nur noch Rache pur?" fragte Florence wieder beruhigt.

„Inzwischen beweist er sich als Mann ohne Nerven, ohne Skrupel und wie Stahl."

Das Telefon schrillte. Florence zuckte zusammen.

Es war für Urban. Sie teilten ihm aber nur mit, daß das, was er angefordert hatte, unterwegs sei.

„Bis wann ist es da?"

„In acht Stunden. Morgen früh."

Er legte auf. Es wurde schon dunkel. Er wollte das Haus verlassen. Doch Florence hielt ihn zurück.

„Ich lasse dich nicht fort."

„Ich will nur die Wachen informieren und etwas zu futtern besorgen."

„Heißt das, du bist heute nacht bei mir?"

„Was bleibt mir übrig. Der Wahnsinnige könnte

mir keinen größeren Gefallen tun, als wiederzukommen."

„Zu essen ist im Haus."

Florence sperrte alles ab. Sie legte alle Riegel vor und schloß die Fensterläden. Dann erst machte sie Licht.

Wieder ging das Telefon. Diesmal gedämpft, weil sie es leise gestellt hatte. – Wieder wurde Oberst Urban verlangt.

„Wir haben alles versucht", meldeten sie, „aber der Staatspräsident besteht darauf, morgen die EG-Konferenz zu eröffnen. Er ist bekannt für seine Sturheit. Irgendwann muß jeder sterben, verspottete er den Innenminister. Im Grunde spricht das für seinen Mut."

„Mut ist keine Waffe gegen Killer. Dieser Mann ist in der Stadt", beharrte Urban, „und wir wissen nicht, in welcher Maske und in welcher Tarnung."

„Nun, wir werden eine Körperdeckung mit Schulterschluß organisieren. Die Sicherheitsgruppe ist schon am Durchdrehen."

Urban suchte Cognac, fand welchen, guten alten, und goß ein Glas voll. Florence schob den Servierwagen durch die Halle ins Speisezimmer.

Wenig später dinnierten sie an einer acht Meter langen Tafel, jeweils an deren Stirnseite sitzend. Zum Glück hatte Urban Falkenaugen. Er sah sie also auch ohne Brille. Jeder hatte auf dem Teller ein tassenartiges Steingutgefäß voll Pastete, dazu ein Messer und geschnittenes Baguette. Daneben stand eine Flasche Rotwein. Schon entkorkt.

„Wildschweinpastete aus den Ardennen. Magst du das?"

„Château Mageaux", las er vom Flaschenetikett. „Alles klar."

Sie speisten so, wie man in Frankreich kleine Zwischenmahlzeiten zu sich nahm. Man brach ein wenig vom Weißbrot, strich ein Messer voll Pastete darauf, kaute es langsam, trank dazu. Eine stumme Mahlzeit. Für angeregte Unterhaltung war die Entfernung zu groß.

„Gibt es keinen Mann in deinem Leben, der dir Schutz bieten könnte?" fragte Urban, als Florence Kaffee brachte.

„Kerle ja, aber keinen Mann."

„Ich meine einen Mann, dem daran liegt, daß du für ihn unversehrt bleibst."

Ihr Puppenlächeln flackerte auf.

„Dir liegt daran, daß ich unversehrt bleibe. Aber wohl aus anderen Gründen. Ich meine, als Lockspeise, als Honig für die Falle. Ich kann nicht verlangen, daß du mich liebst. Und trotzdem..."

„Sprich es ruhig aus. Mich haut nichts um."

„Trotzdem könntest du... ich erwähnte vorhin, es gab Kerle, aber keinen Mann... könntest du der Mann sein."

Dann sagte sie lange nichts. Sie nahmen den Kaffee, später trug sie ab und stapelte alles im Geschirrspüler. Dann kam sie wieder.

„Wie verbringen wir den Abend, Monsieur? Vor dem Fernseher, oder willst du Musik hören? Ich habe tausend Platten. Champagner ist im Keller."

„Von allem ein bißchen", schlug Urban vor.

„Dessert?" fragte sie.

„Zum Beispiel?"

Sie zählte auf:

„Käse, Crème chocolat, Vanilleeis mit Erdbeeren, ren, Pralinen oder..."

„Hast du nichts Frisches?"

„Alles aus der Dose oder dem Kühlschrank",

bedauerte sie, „mit Ausnahme von Florence de Saint Cruix."

Sie machte das Angebot ganz cool.

„Ist das ein Scherz oder Ernst?"

„Bitterster Ernst", sagte sie. „Mit mir selbst spaße ich nie."

Sie löschte die Lichter bis auf eine Stehlampe und setzte sich neben ihn in die Sofaecke. Ehe er sich versah, glitt sie auf seinen Schoß.

Während sie ihn küßte, flüsterte sie:

„Fruchtsalat wäre noch im Kühlschrank, Pflaumen und Pfirsiche, oder wären dir die echten lieber?"

Sie knöpfte sein Hemd auf, er spürte ihre Hand an seiner Brust.

„Letztere", sagte Urban.

*

Jean Delarme war zu verstehen. Diese Frau hatte ihn aus der Kurve getragen. So was kam vor. Sie war reich und schön, er hingegen arm und schüchtern.

Die Gier, sie zu kriegen, hatte ihn programmiert. So programmiert, wie einen Computer, der — einmal in Betrieb — stur auf die Lösung zuarbeitete.

Dieser Delarme war zweifelsfrei ein Fall für den Psychiater. Er litt unter einem unbezwingbar starken seelischen Schub.

Florence lag jetzt auf Urban und kam nach einem wahren Anfall von Wollust langsam zur Ruhe. Sie wischte sich den Schweiß aus dem Gesicht und war zu Tode erschöpft.

„Betrachte es nicht als Lohn", bat sie.

„Als ausgleichende Gerechtigkeit", bemerkte er. „Ich tat es dir an, du tust es mir an."

„Nein, ich war nur scharf auf dich", beharrte sie.

„Und jetzt bist du abgewetzt?"

„Wenn es nur so wäre. Aber wir haben uns zu sehr aneinander gerieben. Wenn ich ein Messer war, bin ich jetzt eine Rasierklinge. Wovon würdest du dich lieber schneiden lassen?"

„Kommt darauf an."

„Angenommen, du wolltest Selbstmord begehen."

„Dann mit einer Rasierklinge."

Und sofort bekam er es zu spüren. Sie schnitt ihn in Scheiben und Streifen. Erst spät in der Nacht war die Klinge endlich stumpf geworden.

Florence lag erschöpft neben ihm. Er füllte das Glas mit dem Rest aus der Champagnerflasche. Sie leerte es und ließ es zu Boden fallen.

„Männer wie du", sagte sie, „schlafen mit Frauen, um Dinge zu erfahren, die man sich nur im Bett erzählt. Ich muß dich enttäuschen. Es gibt nichts zu erzählen, was du nicht schon wüßtest. Vielleicht hätten uns die Schriften des Saint Cruix weitergeholfen, oder Bandera in Genua. Aber noch sind viele Fragen offen."

„Nur wenige", sagte er.

„Wie er an das Geld herankam", kombinierte sie sofort. „Ich hörte einmal, es gebe da so etwas wie einen Generalbevollmächtigten, der das Vermögen überwacht und nach Anweisung vorgeht. Wie ein Testamentsvollstrecker, ein Liquidator. Offenbar hatte jeder von ihnen den Auftrag, einen Nachfolger zu bestellen."

„Einen würdigen", sagte Urban bitter. „Gegen

Provision, versteht sich. Der Haufen ist ja groß genug."

„Das größte Problem ist: Wo steckt Delarme, und was hat er vor?"

„Wir fürchten, er hat den Staatspräsidenten aufs Korn genommen."

„Wann?"

„Heute nachmittag."

Urban schaute auf das Leuchtzifferblatt seiner Rolex. Die acht Stunden waren längst um. Sie wollten sich melden, wenn es soweit war.

Sie schliefen, bis das Summen des Telefons sie weckte. Im Dunkeln tastete Urban danach.

„Die Sendung ist eingetroffen", meldete sein Freund Commissaire Boulanger von der Sûreté. „Ich hole euch ab."

Urban machte Licht.

„Aufstehen! Anziehen!" rief er. „Das, was jetzt kommt, kann ich dir nicht ersparen."

15.

Commissarie Boulanger, der korsische Lockenkopf, brachte sie nicht zur Polizeizentrale am Quai des Orfèvres, sondern fuhr an der Seine entlang, dann den Boulevard St. Michel hinauf zum Montparnasse. Bei einem der modernisierten großen Bürgerhäuser hinter dem Jardin nahm er die Toreinfahrt. Sie war durch eine Ampel mit rotem Kreuz gekennzeichnet.

„Eine Privatklinik?" staunte Urban.

„Mit Blick ins Grüne", sagte der Commissaire. „Wir dachten, hier fällt das weniger auf. Die Klinik gehört zwei Professoren, einem Chirurgen und einem Internisten. Hier wird jede Reparatur unauffällig und schnell erledigt. Ob Giftanschläge eifersüchtiger Ehefrauen oder die Schüsse gehörnter Ehemänner auf die Liebhaber ihrer Damen."

Sie stiegen aus, eilten durch die Glastür. Drinnen war alles hell, warm, und es stank nach Krankenhaus erster Klasse.

„Nicht Lysol pur, sondern Lysol mit Chanel five", bemerkte Urban.

Ein Mann in Weiß erwartete sie.

„Was, zum Teufel..." Florence ergriff Urbans Arm, „...darf ich fragen?"

„Wir fragen", verbesserte Urban. „Du antwortest nur."

Boulanger wandte sich an den Arzt.

„Gab es Schwierigkeiten, Doktor?"

„Nein. Er war kooperativ. Auch medizinisch sehe ich kein Problem."

Der Lift brachte sie in das oberste Stockwerk. Das Zimmer lag im Flur links, die letzte Tür rechts. Ein Polizeiposten stand davor und hielt Wache.

Die Stationsschwester erschien. Sie öffnete ihnen und flüsterte:

„Der Patient ist wach."

Dann standen sie vor ihm. Der Arzt, Boulanger, Florence de St. Cruix und Urban.

Der Kranke grüßte die Besucher mit mattem Lächeln.

Urban übernahm die Vorstellung.

„Das ist Monsieur Jean Delarme", sagte er. „Wir flogen ihn von Rom hierher. Er mag etwas blaß wirken, aber das liegt wohl an der Gelbsucht. Die Dame hier ist Comtesse de Saint Cruix. Aber die Herrschaften kennen sich ja."

Florence starrte Delarme an, etwa eine Viertelminute lang, dann wandte sie ihre Puppenaugen wieder Urban zu.

„Nein."

„Was nein?"

„Das ist nicht Delarme."

„Aber Madame", entgegnete der Patient. „Ich weiß, wer ich bin."

„Nicht der Jean Delarme, den ich kenne", beharrte Florence. „Ich habe diesen Mann nie gesehen." Sie klammerte sich am Bettgestell fest. „Sind wir uns je begegnet, Monsieur?"

„Nie im Leben", antwortete Dr. Jean Delarme und grinste mühsam. „An eine Frau wie Sie würde ich mich selbst im Koma noch erinnern."

„Sparen Sie sich Ihren Charme", bat Urban. „Dürfen wir bitte das Muttermal sehen?"

Bereitwillig entblößte der Patient den Rücken. Jeder sah das ovale, dunkle Muttermal.

„Ist es das?" fragte Urban.

Florence nickte.

„Aber er ist nicht Delarme."

„Na fabelhaft", murmelte Boulanger kopfschüttelnd. „Ich denke, Sie müssen uns einiges erklären, Delarme."

Der Arzt ließ sie mit dem Patienten allein. Urban fragte und Boulanger schaltete sein Taschentonbandgerät ein.

„Das Muttermal haben Sie nicht von Geburt an", stellte Urban fest.

„Wozu lügen", reagierte Dr. Delarme. „Eines Tages würde alles ans Licht kommen. Ich wußte es."

„Sie ließen sich das Muttermal einätzen."

„Es gehörte zu den Bedingungen."

„Und wie lauteten die anderen Bedingungen?"

„Übernahme von Namen und Identität eines gewissen Jean Delarme. Ich war einer der ärmsten Studenten an der Sorbonne, Monsieur. Für mich war eine Million Dollar eine unvorstellbar große Summe Geldes. Ich nahm sie und tat, was man von mir verlangte. Auch auf die Gefahr, daß man eines Tages dahinterkommen würde. – Aber es war ja kein Verbrechen. Ich bin Jurist und weiß, daß es weniger bedeutet, als wenn ein Taschendieb eine Brieftasche klaut. Es ist Urkundenfälschung und inzwischen verjährt."

„Wann begann die Sache?"

„Kann acht Jahre her sein oder etwas weniger."

„Und wie ist Ihr wirklicher Name?"

„Den habe ich fast schon vergessen. Geboren wurde ich als Serge Dorlas in Lille."

Nun setzte Boulanger das Verhör fort.

„Übernahm der andere Geschäftspartner diesen Namen?"

„Das weiß ich nicht", gestand Dr. Delarme. „Ich glaube aber nicht, daß er ihn benutzte. Der Kommilitone, der mir das Geschäft vorschlug, war, wie ich später erfuhr, nicht der wahre Auftraggeber. Alles lief über eine Reihe von Mittelsmännern."

„Typisch für den echten Delarme", kommentierte Urban. „Als Verbrecher ist er wirklich ein Genie, wie Doktor Mabuse."

Boulanger ließ sich, obwohl er wenig davon hielt, die sogenannten Mittelsmänner beschreiben.

Der Patient versuchte es, so gut er konnte.

„Soviel ich weiß, kam einer davon bei einem Zugunglück in den Pyrenäen ums Leben. Der andere lebt irgendwo in Australien."

„Merde", fluchte Boulanger.

Urban fragte noch dies und jenes. Unter anderem wollte er wissen, warum die Wahl auf Serge Dorlas gefallen sei.

Der Kranke konnte es nur vermuten.

„Erstens weil ich Geld nötig hatte. Zweitens lag vielleicht eine gewisse Ähnlichkeit vor. Und drittens meiner Leistungen wegen. Ich habe, ebenso wie mein Namensgeber, sämtliche Examen an der Sorbonne mit Summa cum laude bestanden und habe als Bester promoviert. Sogar zweimal. In Jura und Staatsrecht. Ist alles nachprüfbar."

„Darum geht es nicht", sagte Urban. „Trotzdem merci und au revoir."

Draußen fragte er Florence:

„Hat dieser Mann Ähnlichkeit mit Delarme?"

„Nur", antwortete sie, „wenn er ebenfalls eine Ratte wäre. Er mag Delarmes Größe haben und seinen Gesichtsschnitt, aber das ist alles."

„Jetzt stehen wir wieder bei Null", kommentierte Boulanger. „Und in neun Stunden schreitet der Staatspräsident die Front der Ehrengarde ab."

„Und die Blaskapelle."

„Magst du Blasmusik, Dynamit?"

„Jazz", gestand Urban, „ist mir lieber."

*

In der Sûreté war nach Beschreibungen der Comtesse ein Phantombild angefertigt worden. Es fiel nicht zu ihrer Zufriedenheit aus.

„Das ist nicht Delarme", sagte sie, „das ist Delon."

Trotzdem sollten Kopien an die Sicherheitskräfte, an jeden Polizisten in Paris und auch an die Grenzstationen verteilt werden.

„Verdammt, gibt es denn kein gutes Foto von diesem Delarme?" fragte Urban.

Boulanger fuhr ziemlich schnell. Er brachte Urban und die Comtesse in die Villa und wollte sofort zurück in die Einsatzzentrale. Es gab eine Menge zu tun bis zum Nachmittag. Alle verfügbaren Beamten, auch die Männer der Mordkommissionen, mußten antreten.

„Man stelle sich vor, zwölf Staatschefs der EG-Länder auf einem Haufen im Elysée-Palast."

„Ich stelle es mir lieber nicht vor", gestand Urban.

Vor der St.-Cruix-Villa hatten die Posten gewechselt. Sie gingen hinein.

„Ich habe eine Idee", rief Florence noch in der Halle.

„Da bin ich aber gespannt, Madame hat eine Idee, wo tausend Polizistenhirne nur noch im Leerlauf summen."

„Frühstück?"

„Erst ein Bad", wünschte er.

„Eh bien. Du badest, ich mache Frühstück. Dann reden wir über alles."

Als er eine halbe Stunde später herunterkam, duftete es nach Kaffee. Sie hatte im Wintergarten den Tisch gedeckt, aber nur für ihn. Bei den Croissants lag ein Zettel mit rasch hingekritzelten Worten.

„Ich brauche fünf Stunden Zeit. Du wärst mir nur im Weg gewesen. Drück mir die Daumen."

Urban frühstückte erst einmal.

Er wußte nicht, was Florence vorhatte, ahnte aber etwas.

Nach dem Frühstück ging er hinaus durch den

Garten in die Garage. Der schnelle kleine Peugeot war nicht mehr da.

Wieder im Haus, suchte er nach einer Autokarte. Er fand aber keine. Also suchte er im Renault.

Die Karte steckte in der Türtasche. Florence hatte sie nicht mitgenommen. Sie kannte wohl den Weg. Urban maß die Entfernung nach.

Rund vierhundertachtzig Kilometer hin und zurück. Hauptsächlich Autobahnen. − Sie konnte es schaffen, wenn sie sich nicht zu Tode fuhr.

Voller Unruhe ging er zurück ins Haus und telefonierte.

„Sie rollen schon die roten Teppiche aus", sagte Boulanger, „stellen die Kübel mit den grünen Bäumchen auf und polieren die Limousinen."

„Hoffentlich die gepanzeren."

„Und wir polieren unsere Nervenstränge. Das Sondereinsatzkommando postiert auf den Dächern Scharfschützen."

„Und die polieren ihre Zielfernrohre", ergänzte Urban. „Als ob das etwas nützen würde."

Danach telefonierte Urban mit München.

„Wenn heute einer dran ist, dann der französische Staatspräsident", hieß es in der Zentrale. „Wir haben alles noch einmal durchanalysiert. Täterverhalten, Zielvorstellung des Täters, Typologie der bisherigen Opfer, die möglichen Aktivitäten des Täters auf Grund seines intellektuellen Niveaus und seiner kriminellen Energie."

„Akademiker, he", bemerkte Urban zynisch und hängte auf. Es gab wirklich gescheite Leute.

Auch aus München kam also nichts. Von nirgendwoher kam etwas. Es blieben nur noch passive Möglichkeiten der Abwehr eines Attentats.

Er dachte an Florence.

Wenn sie nach Belgien zum Château St. Cruix raste, mußte sie bald dort sein. Er rechnete und überlegte, ob es etwas brachte, wenn man ihr einen Hubschrauber schickte.

Du bist mir nur im Wege, hatte sie geschrieben. Das galt wohl auch für die Mehrzahl.

Also wartete er mit wachsender Unruhe.

Er rauchte, rauchte noch eine, nahm einen Drink und noch einen.

Boulanger rief an mit Nervosität in der Stimme.

„Schon was gehört?"

„Wir könnten etwas tun", schlug Urban vor, „um Zeit zu gewinnen. Das Wichtigste ist jetzt Zeit. Am Ende fehlen immer die Minuten. Schickt mir einen Streifenwagen. Er soll mich zum Autobahnring bringen. Ich baue mich da auf, wo die E3 in den Ring mündet. Genau bei der Zahlstelle. Da muß sie durchkommen."

„Der Wagen ist gleich da", versprach Boulanger.

Kaum hatten sie aufgelegt, wurde schon gehupt. Urban verließ das Haus und sagte den Wachen Bescheid.

„Wenn Madame mit dem Peugeot zurückkommt, dann ruft mich über Polizeifunk."

Der Fahrer des Streifenwagens nannte seine Nummer. Dann fuhren sie durch den dichten Mittagsverkehr nach Norden.

„Wieviel Uhr haben Sie?" fragte Urban den Polizisten.

„Genau zwölf Uhr vierunddreißig, Monsieur."

„Stimmt", sagte Urban und rechnete.

Vier Stunden war Florence jetzt unterwegs.

Es ging auf 13.15 Uhr. Urban stand an der Zahlstelle der von Norden kommenden Autobahn und hielt Ausschau.

Einmal bildeten sich Schlangen, dann kamen die Wagen wieder zügig durch. Aber gegen 14.00 Uhr verlängerte sich der Stau.

Der Polizist tauchte neben Urban auf.

„Eine Anfrage von der Sûreté."

„Eine Anfrage an den lieben Gott", entgegnete Urban brummig. „In einer Stunde ist es zu spät."

Plötzlich sah er auf dem sich verbreiternden Autobahnende etwas Metallicblaues mit Affenzahn daherflitzen.

„Das ist sie!" rief er.

Im Stau vor der Zahlstelle würde sie minutenlang warten müssen. Urban spurtete los, winkte und wirklich, der Peugeot scherte nach rechts.

Er riß die Tür auf und warf sich hinein.

„Verdammt, wo bleibst du?"

„Du weißt schon wieder alles, he", hechelte sie. „Der Herr ist für keine Überraschungen gut."

„Ich kann ja noch zwei und zwei zusammenzählen", sagte Urban.

„Verfluchte Raserei. Ich bin vielleicht fertig. Mußte noch tanken. Nirgendwo gab es bleifreies Benzin. Da habe ich einfach Super verbleit getankt. Jetzt ist der Katalysator im – du verzeihst den Ausdruck aus Damenmund – im Arsch."

„Na wenn schon. Dort, wo du sagst, sind fünfzig Prozent aller Kats."

„Was glaubst du, bringe ich mit?"

Er wollte ihr die Überraschung nicht verderben.

„Keine Ahnung."

„Dann rate mal."

„Dazu fehlt uns die Zeit. Ist es etwa, hm..."

„Genau. Ein Foto von Delarme. Er knipste mich mit meiner Leica. Und weil er mir leid tat, knipste ich ihn."

Sie kramte in der Tasche und holte Fotos heraus.

„Jean Delarme, wie er leibte und lebte. Der echte, der einzige und einmalige." Triumph lag in ihrer Stimme.

Die Fotos zeigten Delarme mit einem wiehernden Gaul, am Tennisplatz, und dann Delarme in Großaufnahme mit Sonne im Gesicht.

Urban betrachtete das Foto lange, dann schnippte er mit dem Finger an den Bildrand.

„Den habe ich schon einmal gesehen."

„Ein Alltagsgesicht."

„Er kneift die Augen zusammen wegen der Sonne. Auch das Gesicht, an das mich dieses erinnert, sah so verkniffen aus wegen der Sonne. – Wo und wann ist das bloß gewesen?"

„Streng dein Hirn an."

Er wußte, daß es auf Kommando nicht zu machen war. Dazu war Entspannung nötig. Er stieg aus.

„Ich fahre zur Sûreté."

„Sehen wir uns noch einmal?"

„Kommt darauf an."

„Worauf kommt es an?" rief sie hinter ihm her.

„Wie uns heute abend die Sonne untergeht", sagte er.

„Euch Idioten", schrie sie wütend, „verstehe wer will. Und kein Wort des Dankes. Nicht einmal merci."

Auf der Fahrt zur Sûreté fiel es Urban ein, und am Quai des Orfèvres bestätigte man es ihm.

Der Mann auf dem Foto, das die Comtesse St. Croix geholt hatte, war der Mann, den die Öffentlichkeit als Dr. Jean Emillion kannte. Sein Bild war durch alle Medien gegangen. Kein Zweifel, es war Emillion, der Retter und ehemals engste Mitarbeiter des Staatsbankiers Eric Casanne.

„Casanne liegt noch immer im Hospital", erfuhr Urban.

„Aber wo ist Emillion jetzt?"

„Sie rissen sich alle um einen so tüchtigen, zuverlässigen Burschen. Er fiel natürlich die Treppe rauf."

„Jean Emillion", sprach Urban immer wieder den Namen aus, „Jean Emillion. Sucht diesen Mann, und dann Vorhang auf zum letzten Akt."

Boulanger konnte es kaum fassen.

„Was für ein Hundesohn! Er inszenierte den Überfall auf Casanne, um jedem nur denkbaren Schatten, einem jemals aufkommenden Verdacht zu entgehen."

„Und um sich auf diese Weise in die Nähe seines letzten Opfers zu bringen, seines prominentesten."

„In das Sekretariat des Staatspräsidenten, meinst du?" fragte Boulanger ungläubig.

Urban saß da, zuckte mit den Schultern, rollte seine Karte auf und ließ die Rolle wieder fallen.

„Wohin sonst wohl. Dieser Mann geht stur seinen Weg."

„Seinen letzten", fügte der Sicherheitschef hinzu.

Inzwischen ging es auf 15.00 Uhr.

Laut Programm lief jetzt die Begrüßung der

Staatsgäste durch den Regierungschef. – Dieses Protokoll pflegte man auch in Frankreich auf die Minute einzuhalten.

16.

Was wie Routine aussah, war eher ein Chaos. Alle Sicherheitspläne erwiesen sich als unbrauchbar. – Denn Jean Emillion war nirgendwo zu finden.

Bevor man sich die Frage stellte, ob er etwa in eine neue Maske geschlüpft sei, tat man das Nächstliegende: Hunderte in Eile von dem Foto hergestellte Kopien wurden an die Sicherheitskräfte verteilt.

Die Polizisten der Absperrung erhielten es, die Leibwächter der Abteilung Personenschutz, die Fahrer der gepanzerten Limousinen aus dem Fuhrpark der Regierung, die Angestellten im Elysee-Palast und die Schützen auf den Dächern ringsum, die alles mit ihren Zielfernrohren unter Kontrolle hatten.

Bis 15.30 Uhr blieb Urban in der Einsatzzentrale. Später wollte er sich zum Schauplatz des Treffens begeben und sich dort speziell um die Sicherheit des deutschen Bundeskanzlers kümmern.

„Leider ist das Foto zehn Jahre alt", gab er seiner Beunruhigung Ausdruck. Um ein brauchbares neues Foto von den Archiven der Zeitungen anzufordern, war keine Zeit geblieben.

„Der Retuscheur hat es auf älter getrimmt."

„Aber wo wird ein Mann älter? Um die Augen, um den Mund, durch eine beginnende Glatze."

„Dafür gibt es Erfahrungswerte", wurde behauptet.

„Er kann auch einen Bart tragen. Es gibt Dutzende von Bartvarianten. Bärte tragen ist nicht verboten."

Sie pflichteten Urban bei, daß es Bärte gab, die wie eine Vermummung wirkten, aber nicht unter das Vermummungsverbot fielen.

„Wie sah er aus, als er die Gräfin vergewaltigen wollte?" fragte der Einsatzleiter.

„So wie früher, behauptet sie."

„Also ohne Bart."

„Bärte brauchen Zeit, um zu wachsen."

„Nicht die anklebbaren."

Der Polizeichef gab etwas aus seiner Erfahrung zum Besten.

„Ich habe, als ich noch Leiter der Abteilung Gewaltverbrechen war, nie einen Fall erlebt, wo jemand sein Gesicht mit einem Bart tarnte. Diese Flatterdinger halten nicht mal einen Hundertmetersprint durch. Das mit den angeklebten Bärten mag sich im Roman gut lesen, im Kino ist es auch recht wirkungsvoll, aber in der Praxis findet man es kaum."

„Heute gibt es fantastische Kleber", gab Urban zu bedenken.

Jemand kam herein und hängte ihm den Sonderausweis mit Lichtbild an das Sakkorevers. Ohne dieses Lichtbildetikett kam er nicht durch die Absperrung.

Telefone gingen. Im Sprechfunk wurde auf mehreren Wellen gleichzeitig palavert. Außerdem lief das Radio und in jedem Raum zwei TV-Geräte.

Der eine Bildschirm übertrug die offizielle Reportage, der zweite zeigte die Bilder der Kontrollkameras.

„Der letzte Staatsgast ist in Orly gelandet", hieß es. „Es ist die britische Premierministerin."

„Sie hat den kürzesten Weg und ist immer unpünktlich."

Urban bekam ein Sprechfunkgerät ausgehändigt. – Unten wartete schon der Fahrer.

*

Während der letzte Wagen mit dem 12. Staatschef der EG zu den Tuilerien einbog, um von dort die gemeinsame Fahrt zum Élysée-Palast zu beginnen, wurde ein Computer endlich fündig.

„War schwierig, in den Personalcomputer der Regierung hineinzukommen", sagte der Experte, „wegen des Datenschutzes. Aber ein Dr. Jean Emillion steht auf der Gehaltsliste des Fonds für besondere Aufwendungen."

„Als was wird er dort geführt?"

„Als stellvertretender Staatssekretär zur speziellen Verwendung."

„Da wurde wieder einmal der Bock zum Gärtner gemacht", fürchtete jemand.

„Und wo findet seine besondere Verwendung statt?"

„Das ist nicht archiviert. Besondere Verwendung bedeutet, Einsatz mal hier mal da, wo immer bestimmte Problemlösungen notwendig sind."

„Wer betreut den Fond?"

„Es gibt nur einen Verantwortlichen."

„Und, zum Teufel, wer ist dieser Verantwortliche?"

„Bei Geheimfonds immer der Staatschef. Er muß einmal im Jahr über die Verwendung der Gelder dem Finanzausschuß Rechenschaft ablegen."

„Aber irgend jemand muß doch diese Riege von Eierköpfen personell betreuen."

Die Antwort war Ratlosigkeit.

„Ich war mal im Dschungel von Neuguinea verschollen", erzählte der Sicherheitschef aus seinem Leben. „Da gab es Schlangen, Spinnen und Skorpione. Auf den Bäumen lauerten schwarze Panther und im undurchdringlichen Grün die Kopfjäger. Schätze, das war noch eine paradiesische Landschaft gegen den Dschungel, den eine moderne Regierungsmaschinerie darstellt."

„Unsere?"

„Alle, ohne Ausnahme."

Hektisch wurde telefoniert. Endlich bekamen sie einen Subdirektor, der dem Personalausschuß zuarbeitete, an die Strippe. – Er wollte in den Listen nachblättern.

„Mich laust der Affe", sagte einer. „Die arbeiten dort noch mit Handakten."

„Mein Sohn hat einen PC", sagte der Sicherheitschef. „Ich ging einfach in den Laden und kaufte ihn. Sechstausend Francs alles in allem. Wenn die Regierung einen Taschenrechner braucht, muß sie einen Antrag stellen. In sechsfacher Ausfertigung. Der läuft dann durch den Haushaltsausschuß und wird in drei Jahren genehmigt. Ich kenne Leute, die bringen ins Ministerium ihre eigenen PCs mit."

Von der Sicherheitszentrale zum Personalbüro lief eine Standleitung. Endlich meldete sich, völlig abgehetzt, der zuständige Mann.

„Dr. Jean Emillion arbeitet seit Anfang des Quartals offiziell im Stab des Außenministers, wurde aber von dort weiterdelegiert."

„Wohin?"

„Darüber habe ich noch keine Rückmeldung."
„Können Sie das feststellen?"
„Ja, kann ich."
„Bis wann?"
„Morgen."
„Danke. — Noch was. Haben Sie ein Foto in der Personalakte?"
„Fotos müssen immer vorliegen. Das ist Vorschrift."

Papier raschelte. Dann wieder die Stimme des Beamten.

„Tut mir leid. Das Foto von Dr. Emillion wurde entfernt."

Wütend knallte der Sicherheitschef den Hörer auf die Gabel.

„Ist das nicht zum Kotzen?" fragte er.

*

Die Fahrzeugkolonelle, schwarze, tief in der Federung hängende Citroën, Mercedes und Rolls-Royce aus dem Bestand der jeweiligen Botschaften, verließen die Tuilerien und fuhren um den Place de la Concorde. Nach wenigen hundert Metern über die Champs-Élysées bogen sie in weiter Kurve in den Regierungssitz ein.

Die Beteiligung der Bevölkerung war spärlich. Man konnte sagen, die Zahl der Sicherheitskräfte und die der Zuschauer hielten sich die Waage. In Paris fand beinahe jede Woche so eine Aufführung statt. Niemand interessierte sich noch dafür, und das Image der Politiker lag — laut Umfrage der linksgerichteten *Liberté* — etwa auf den Niveau eines algerischen Zuhälters.

Durch das Aufgebot der Polizei, ergänzt durch

mobile Einsatzkommandos und Armee, war praktisch jeder Gefahrenpunkt isoliert. Selbst ein Blatt Papier, das der Wind auf die Fahrbahn wehte, wurde schleunigst aufgehoben und untersucht. – Es konnte sich um eine Briefbombe handeln.

Die jede Limousine einschließenden Sicherungsfahrzeuge verlängerten die Kolonne der Wagen. Gerechnet wurden sechs Meter pro Fahrzeug mit zehn Meter Abstand. Das machte alles in allem ungefähr vierhundertachtzig Meter. Vom ersten Polizisten auf seiner BMW bis zum Schlußmann.

Die Kolonne fuhr etwa 60 km/h schnell. Sie brauchte mithin eine halbe Minute, um jeden lauernden Terroristen oder Attentäter zu passieren, wenn man davon ausging, daß alle Konferenzteilnehmer gleichermaßen gefährdet waren. – Allem Anschein nach ging es aber nur um den Kopf des französischen Staatspräsidenten.

Ohne daß sich auch nur das Geringste ereignete, erreichten alle Wagen den Innenhof des Élysée-Palastes. Bei den für die Sicherheit Verantwortlichen wurde schon deutlich durchgeatmet.

Die Türen der Limousinen schwangen auf. Die Regierungschefs, begleitet von ihren jeweils engsten Mitarbeitern, verließen die Wagen und begaben sich auf dem roten Teppich ins Innere des Palastes.

In dieser Minute schrillte in der Einsatzzentrale ein Telefon.

Heiser meldete sich der Direktor des Personalbüros der Regierung und verlangte den Sicherheitschef.

Die Worte herausstoßend, berichtet er folgendes:

„Wir haben ihn ermittelt. Dr. Jean Emillion gehört seit zwei Wochen dem Beraterstab des

Staatschefs an. Er hat praktisch Zugang zu ihm. Jederzeit und überall."

„Merci, Directeur."

In der Zentrale hatten alle mitgehört. In das betroffene Schweigen stellte jemand eine gezielte Frage.

„Wenn er ihn töten will und sich stets in seiner Nähe aufhält, warum hat er nicht längst zugeschlagen?"

„Weil", gab der Sûretéchef aus seinem reichen Erfahrungsschatz preis, „Täter eines gewissen Formats ein Maximum an Wirkung erzielen wollen. Sie töten nicht im Schatten enger dunkler Gassen. Nein, sie ziehen es vor, ihr Opfer bei Scheinwerferlicht und laufender Kamera zu killen. Diese Leute sind so geil auf Publicity wie ein Affe auf Bananen. Rauf auf die Bühne, zuschlagen, verschwinden. Das große Phantom war da."

Der Sicherheitschef bediente eigenhändig den Sprechfunksender.

„An alle! Vermeintlicher Täter gehört dem Beraterstab des Staatschefs an, befindet sich also in dessen unmittelbarer Nähe. Aufpassen jetzt. Verhaftet lieber einen zuviel als einen zu wenig."

*

Er stand hinter einer der Marmorsäulen im Gespräch mit ahnungslosen Kollegen.

In der Sakkotasche hatte er eine entsicherte Eierhandgranate, im Ärmel einen dreißig Zentimeter langen, vorn spitz zugeschliffenen Dreikantschaber.

Wie alle Beamten, Bediensteten und Angestellten war er vor Betreten des Regierungssitzes geröntgt worden. Aber er hatte die tödlichen Waffen schon Tage vorher im Schreibtisch seines Büros im Souterrain versteckt.

Vor einer Stunde hatte er sie geholt. Nun stand er da, lässig, beinah aufgeräumt diskutierend. Das Hauptthema der Gipfelkonferenz waren die europäische Währungseinheit und weitere Schritte des wirtschaftlichen Zusammenschlusses. Darüber redeten sie, als die Staatsgäste, angeführt vom französischen Regierungschef, heraufkamen.

Die Berater lösten ihre Runde auf. Sie überprüften noch einmal den Sitz von Manschetten, Krawatte und Sakko und reihten sich in das Spalier ein.

Der französische Staatschef war noch vier Schritte von Dr. Emillion entfernt, als er unvermutet stehenblieb. Der deutsche Bundeskanzler beugte sich aus seinen 195-cm-Höhe zu ihm hinunter. Die beiden flüsterten und lachten, als würden Witze ausgetauscht. Dann gingen sie weiter.

In der nächsten Sekunde trat Dr. Emillion aus der Reihe. Niemand hinderte ihn daran, denn er war den Sicherheitskräften bekannt.

Als Emillion einen Meter vor dem französischen Staatschef stand, schleuderte er die Stichwaffe aus dem Ärmel, packte sie an ihrem Holzgriff und hob sie hoch, um sie herabsausen zu lassen und sie dem Staatschef in die Brust zu stoßen.

Gleichzeitig entstand im Spalier weitere Unruhe, weil jemand sich von hinten vordrängte. In der Sekunde, in der Dr. Emillion zustechen wollte, hechte ihn ein Körper von der Seite an.

Der Zusammenprall warf beide zu Boden.

Noch im Fallen wurde Emillion die Waffe durch einen Hieb auf sein Gelenk entwunden. Ein weiterer Handkantenschlag sollte den sich wild wehrenden Killer ruhigstellen.

Doch Emillion war äußerst zäh. Er kämpfte und hatte plötzlich etwas noch viel Brisanteres in der Faust. Eine grobgerippte Eierhandgranate.

Urban griff danach. Emillion, rasend vor Wut und Verzweiflung, riß seinen Arm nach hinten oben. In dieser Stellung war er für Urban unerreichbar.

Sicherheitsbeamte in Zivil standen um sie herum, die Läufe der entsicherten Waffen auf Emillion gerichtet.

„Ich sprenge euch alle in die Luft!" tobte der Attentäter.

In der Halle des Grand Palais entstand chaotisches Gedränge. Die Staatsgäste wurden mit Manndeckung in Richtung Treppe geschoben. Die Türen schlossen sich.

Keuchend vor Anstrengung schrie Emillion:

„Sie ist entsichert. Sie zerreißt euch in Stücke!"

In einem letzten angestrengten Versuch erwischte Urban Emillion am Unterarm. Er hielt ihn fest, und ein Body-guard schlug Emillion mit einem gezielten MPi-Kolbenhieb die Handgranate aus der Hand.

Als sie davonrollte, sprang der Spannbügel auf. Also blieben noch drei oder vier Sekunden bis zur Detonation. Bei den hundert Leuten im Foyer hätte das zu einer Katastrophe geführt.

Also hechtete Urban der Handgranate hinterher, packte sie und schleuderte sie in weitem Bogen nach hinten durch die große, geöffnete Fensterfront in den Garten hinaus. Dann sprangen alle in Deckung.

Mit schmetterndem Krach explodierte die Handgranate noch im Flug.

Urban überließ Emillion den Sicherheitsbeamten.

Er stand auf, klopfte sich den Staub von der Hose und steckte eine Zigarette zwischen die Zähne. – Einer gab ihm Feuer.

„Sie zittern ja nicht mal, Colonel Urban", sagte der Beamte.

„Es hat sich ausgezittert", erwiderte Urban, „schätze ich."

Der Killer wurde gebändigt, gefesselt und durchsucht. Wie Urban noch mitbekam, fand man in seiner Sakkotasche ein goldenes Zigarettenetui, verziert mit einer Blüte aus Diamantsplittern.

*

Es gelang dem BND-Agenten Nr. 18, Robert Urban, den Élysée-Palast durch eine Nebentür, die in den Park führte, zu verlassen.

Dort zwitscherten die Vögel und rauschten die Springbrunnen. Urban durchquerte den Park. Er kam vorne auf den Champs-Élysée hinaus und warf erst einmal die Hundemarke mit Foto in einen Gully. Dann schlenderte er die Prachtstraße in Richtung Arc de Triomphe hinunter.

Drüben auf der anderen Seite betrat er eine Bar. An der Theke kippte er einen schnellen Drink, noch einen langsamen und einen dritten ganz mit Genuß. Er dachte daran, Florence anzurufen, tat es aber doch nicht.

Gegen 18.00 Uhr nahm er ein Taxi ins Hotel *George V.* Dort bezahlte er seine Rechnung, packte seine wenigen Sachen in die alte Reisetasche aus Elchleder und ließ sie in die Tiefgarage bringen.

Noch einmal dachte er daran, die Comtesse anzurufen. Sie wartete gewiß darauf, daß er sich meldete.

Na schön, dachte er, melden wir uns, und schickte ihr eine Postkarte mit nur ein paar Worten darauf: *Merci, ich liebte dich.*

Auch wenn es nicht so ist, dachte er.

Er adressierte die Karte an ihren Pariser Wohnsitz, Place de la Muette am Bois de Boulogne.

„Erledigen Sie das", bat er den Portier und legte zu der Karte einen Hundertfrancs-Schein.

Dann fuhr er nach München zurück.

*

Der Plan, Napoleon Bonaparte aus seinem Verbannungsort der Insel St. Helena im Südatlantik zu befreien, ist eine nicht bezweifelbare geschichtliche Tatsache. Die Expedition – heute würde man sie ein Kommandounternehmen nennen – unter dem Oberbefehl von Dominique You, dem Helden der Schlacht bei New Orleans und späteren Piraten, ist ebenfalls eine unbezweifelbare historische Tatsache. Das Haus des Initiators, des Bürgermeisters Nicholas Girod, steht immer noch in New Orleans im Staate Louisiana/USA. Dort ist es als das sogenannte Napoleonhaus eine touristische Attraktion.

ENDE

MISTER DYNAMIT
Band 648

Drachentöter

C. H. Guenter

Ein Mann reist im Jahre 1940 von Deutschland über Moskau nach China – und wird von Banditen entführt. Der Krieg löscht alle Spuren. Fünfzig Jahre später liefert eine Fernsehreportage aus Afghanistan einen Hinweis auf den Vermißten. Bei seinen Nachforschungen stößt MISTER DYNAMIT auf die Träger des Drachenzeichens, und auch der US-Geheimdienst entdeckt eine neue Kriegstechnik, beruhend auf Gedankenübertragung.
Wird sie für einen Rachefeldzug mißbraucht? Die

Drachentöter

gehen ans Werk, um einen Mordanschlag zu verhindern, der nicht nur Hunderttausenden Menschen, sondern auch einem Staatsmann, von dem der Weltfrieden abhängt, das Leben kosten kann.

DYNAMIT-Leser
blicken hinter die Kulissen des Weltgeschehens

MOEWIG

Ken Rogers
Für Allah in den Tod
Libyen plant einen spektakulären Vergeltungsschlag gegen den Erzfeind USA: Die amerikanische Mittelmeerflotte soll unter Mithilfe einer Palästinensergruppe in einem großangelegten Kommandounternehmen vernichtet werden. Ein aktueller Politthriller aus der Feder eines hohen NATO-Offiziers.
2581-X
OA.